GEARRSCÉALTA AN PHIARSAIGH

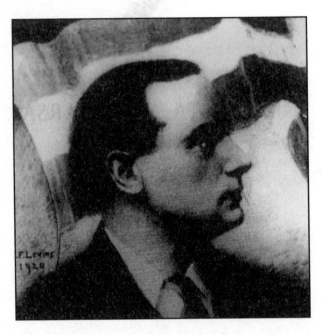

Pádraig Mac Piarais (1879–1916)

Oideachasóir, abhcóid, eagarthóir *An Claidheamh Soluis*, ceannaire Éirí Amach na Cásca. Chomh maith le bheith ina ghearrscéalaí scríobh sé roinnt drámaí, ina measc *Macghníomhartha Chúchulainn*. Ar na dánta Gaeilge is mó cáil uaidh tá 'Fornocht a chonac thu', 'Mise Éire', 'An Dord Féinne' (Óró, sé do bheatha abhaile) agus 'Bean sléibhe ag caoineadh a mic'.

GEARRSCÉALTA AN PHIARSAIGH

Eagarthóir: Cathal Ó Háinle

Cló Thalbóid

Cló Thalbóid
Bóthar Bhaile an Aird
Baile Uailcín
Baile Átha Cliath 12
An Comhlacht Oideachais na Dáileoirí

Atheagrán 1999

Dearadh agus clóchur: Peanntrónaic Teo., BÁC
John Skelton a rinne na pictiúir
Dearadh an chlúdaigh: Daire Ó Beaglaoich, Peanntrónaic Teo.
Ealaín an chlúdaigh: *Top of the Hill* le Grace Henry, le caoinchead
Dhánlann Chathair Luimnigh

Clár

RÉAMHRÁ

NODA

CS: *An Claidheamh Soluis*
ÍSE: *Íosagán agus Sgéalta Eile*
MSE: *An Mháthair agus Sgéalta Eile*

I

Nuair a cuireadh Pádraig Mac Piarais chun báis ar an tríú lá de
Bhealtaine, 1916, ní raibh sé ach seacht mbliana tríochad d'aois. Is
i ngeall ar an mbaint a bhí aige le hÉirí Amach na Cásca, 1916, agus
ar an mbás a d'fhulaing sé dá bharr sin is mó a chuimhnítear air
anois. Caithfear a thuiscint, áfach, nár chaith sé ach blianta beaga
deireanacha a shaoil ag saothrú chun saoirse pholaitiúil na tíre a
bhaint amach le lámh láidir, agus go raibh sé tar éis saothar
éachtach a dhéanamh roimhe sin ar son athGhaelú na tíre. Go
deimhin is minic a d'fhógair sé le linn na mblianta úd sula
ndeachaigh sé le Bráithreachas na Poblachta gurbh fhéidir an
náisiún a chur ar a bhoinn arís fiú dá mbeifí tar éis é a bhascadh,
ach, dá ligfí don dúchas dul ar ceal, nach bhféadfaí é a athbheoú.
Caithfear cuimhneamh air seo freisin: má d'fhoilsigh sé *Ghosts, The
Separatist Ideal, The Spiritual Nation* agus *The Sovereign People* faoi
thús na bliana 1916 lena léiriú gur oidhre dílis é féin ar Tone, Davis,
Lalor agus Mitchel, d'fhoilsigh sé i dtrátha an ama chéanna *The
Murder Machine* ina ndearna sé miondealú ar an gcóras gallda
oideachais, agus *An Mháthair agus Sgéalta Eile,* an chomaoin
dheireanach a chuir sé ar phróslitríocht na Gaeilge. Léiríonn sé sin
nach raibh sé tar éis dearmad a dhéanamh de na cúraimí úd lenar

chaith sé bunáite an tsaoil ghearr a gealladh dó, fiú agus aghaidh á
tabhairt aige 'ar an ngníomh do-chím 's ar an mbás do-gheobhad.'
Má d'íobair sé a anam sa bhliain 1916, bhí sé tar éis íobairt eile a
dhéanamh ón mbliain 1896 i leith, íobairt na n-uaireanta fada
anróiteacha a chaith sé i mbun saothair ar son an dúchais mar bhall
de Chonradh na Gaeilge, mar léachtóir, mar iriseoir, mar eagarthóir,
mar oideachasóir agus mar scríbhneoir cruthaitheach. Ba é an trua
é dá mba ar a shaothar ar son neamhspleáchas polaitiúil na tíre
amháin a chuimhneofaí agus go ligfí a shaothar ar son an dúchais i
ndearmad, mar d'fhágfadh sé sin leathmhaig ar an tuiscint a bheadh
againn ar shaothar a shaoil.

Fear ab ea an Piarsach nach ndearna aon dá leath dá dhúthracht
riamh. Sa bhliain 1910 scríobh sé: 'I have constantly found that to
desire is to hope, to hope is to believe, and to believe is to
accomplish.' (*The Story of a Success*, lch. 49). Ag trácht ar Scoil
Éanna a bhí sé nuair a scríobh sé an méid sin, agus sa chás áirithe
sin, b'fhíor an focal: ba é a mhian scoil fhíorGhaelach a bhunú;
chreid sé go bhféadfaí é a dhéanamh, fiú nuair a d'fhógair a chairde
nach bhféadfaí; agus rinne sé é trí bhíthin a dhúthrachta gan
staonadh. Is é an inspioráid agus an bharrshamhail a bhí aige agus é
i mbun na hoibre sin an tuiscint a bhí aige ar sheanchóras
oideachais na nGael:

> I think that the old Irish plan of education [viz. fosterage], as
> idealised for boys in the story of the Macradh of Eamhain and
> for girls in that of the Grianan of Lusga, was the wisest and
> most generous that the world has ever known. (*ibid.* lch. 32)

Chuir sé roimhe an seanchóras sin a athchruthú i Scoil Éanna sa
chaoi go mbeadh an scoil sin mar eiseamláir ag oideachasóirí na
hÉireann. Ar an gcaoi chéanna ghlac sé le fealsúnacht Chonradh
na Gaeilge gur den riachtanas é an Ghaeilge a chur i réim arís má
bhíothas le hanam na hÉireann a athshlánú. Thuig sé go raibh
gnéithe eile den dúchas ann freisin, ach ghlac sé leis gan cheist
gurbh í an teanga an sine ba láidre sa slabhra agus shaothraigh sé

gan staonadh ar a son, mar léachtóir, mar scríbhneoir, agus go háirithe mar eagarthóir ar *An Claidheamh Soluis* sna blianta 1903-'9. Ghríosaigh sé pobal na hÉireann leis an nGaeilge a fhoghlaim agus a labhairt agus a scríobh, thug sé moladh agus treoir do scríbhneoirí na Gaeilge, agus d'ionsaigh sé na forais agus na pearsana sin Stáit agus Eaglaise a bhí ag déanamh faillí sa Ghaeilge nó a bhí ina haghaidh, agus rinne sé a chion féin, mar fhile, mar dhrámadóir agus mar scéalaí, chun nualitríocht chruthaitheach sa Ghaeilge a shaothrú.

Bhí a oiread sin á dhéanamh aige go bhféadfaí a áitiú nach bhféadfadh sé aon ní a dhéanamh ar fónamh. Ach bhí díogras an mhisiúnaí, an aspail, ag baint leis agus bhí sé suite de go raibh an ceart aige féin. Ba é sin a mhórbhua, agus a mhórlaige san am céanna. Sa bhliain 1911 thug W. P. Ryan cuntas báúil ar an bPiarsach, á rá gurb éard a bhí ann 'a scholar with a child-spirit, a mystical temperament, and a Celtic nature, in the heroic and constructive sense.' (*The Pope's Green Island,* lch. 291). Ba é an spiorad agus an nádúr sin ann a d'fhág go bhféadfadh sé a bheith chomh díograiseach sin i mbun aon tionscnaimh dár thug sé faoi, agus a d'fhág freisin go bhféadfadh sé a bheith dall ar na fadhbanna a bhainfeadh lena mhodh oibre nó ar a laghad go bhféadfadh sé a bheith beag beann orthu. Ar an gcaoi chéanna, rud ar bith a raibh meas aige air, mhol sé go cranna na spéire é agus ní fhaca sé aon locht air – seanlitríocht na Gaeilge, cuirimis i gcás.

Seanaintín leis ar thaobh a mháthar a chuir an Piarsach i dteagmháil lena dhúchas liteartha agus staire den chéad uair nuair nach raibh sé ach ina leanbh. D'insíodh sí scéalta dó agus chanadh amhráin agus bailéid dó agus ar an gcaoi sin chuir sí seanlaochra na litríochta agus na staire Gaelaí in aithne dó ar bhealach a d'fhág an dúchas ina chrann solais agus ina inspioráid aige feasta. Nuair a chuaigh sé i mbun staidéir ar an tseanlitríocht tamall de bhlianta ina dhiaidh sin, níor shéan sé an díogras sin. Fiú murar fiú linn na nithe a dúirt sé faoin tseanlitríocht le linn a phrintíseachta a chur i suim, tiocfaimid ar ráitis mar seo ar fud léachta a thug sé don National Literary Society sa bhliain 1912:

...The rediscovery of this buried [Irish] literature ... will make it necessary for us to re-write literary history. And it will mean not only a re-writing of literary history, but a general readjustment of literary values, a general raising of literary standards. The world has had a richer dream of beauty than we had dreamed it had. Men here saw certain gracious things more clearly and felt certain mystic things more acutely and heard certain deep music more perfectly than did men in ancient Greece. And it is from Greece that we have received our standards.

How curiously might one speculate if one were to imagine that when the delvers of the fifteenth century unearthed the buried literatures of Greece and Rome they had stumbled instead upon that other buried literature which was to remain in the dust of the libraries for four centuries longer! Then instead of the classic revival we should have had the Celtic revival; or rather the Celtic would have become the classic and the Gael would have given laws to Europe. I do not say positively that literature would have gained, but I am not sure that it would have lost. Something it would have lost: the Greek ideal of perfection in form, the wise calm Greek scrutiny. Yet something it would have gained: a more piercing vision, a nobler, because a more humane, inspiration, above all a deeper spirituality. One other result would have followed: the goodly culture and the fine mysticism of the Middle Ages would not have so utterly been lost...

Now I claim for Irish literature, at its best, these excellences: a clearer than Greek vision, a more generous than Greek humanity, a deeper than Greek spirituality. And I claim that Irish literature has never lost these excellences: that they are of the essence of Irish nature and are characteristic of modern Irish folk poetry even as they are of ancient Irish epic and of medieval Irish hymns. ('Some Aspects of Irish Literature', *Collected Works of Pádraic H. Pearse: Songs of the Irish Rebels etc.*, lgh. 132-3)

An ghné sin de nádúr na nGael atá á léiriú go buan i litríocht na Gaeilge, is rud mistiúil é ar deireadh thiar, dar leis an bPiarsach (*ibid.* lch. 155), agus tá a bharrshamhail sa tseanlitríocht le fáil, dar leis, i scéal Chú Chulainn:

> ... The story of Cuchulainn symbolises the redemption of man by a sinless God. The curse of primal sin lies upon a people; new and personal sin brings doom to their doors; they are powerless to save themselves; a youth, free from the curse, akin with them through his mother but through his father divine, redeems them by his valour; and his own death comes from it. I do not mean that the Tain is a conscious allegory: but there is the story in its essence, and it is like a retelling (or is it a foretelling?) of the story of Calvary. (*ibid.* lch. 156)

Bhí an Piarsach tar éis teacht ar an rud céanna i measc mhuintir an iarthair:

> The unseen powers have always been very close to Irish-speaking men. I have known old people who lived in familiar converse with the unseen; who knew as it were by sight and by the sound of their voices Christ and Mary and many familiar saints. Now that intimacy with spiritual things is very characteristic of Irish literature. One finds it in the mystical hymns of the Middle Ages; one finds it in the folk-tales of the Western countrysides; one finds it in many exquisite folk-songs... Christ and Mary have been incorporated into the Gaelic clan; and Irish peasant women can keen Christ dead with as real a grief as they keen their own dead. I have many times seen women sob as they repeated or listened to 'The Keening of Mary'. The strange intimacy that connects certain places in Ireland with the scenes of Christ's birth and life and death, and links certain Irish saints and heroes with the joy of the Nativity and the tragedy of the Passion – this is the true Irish mysticism, the mysticism which recognises no real

dividing line between the seen and the unseen, and to which the imagined experience is often more vivid than the real experience. (*ibid.* lgh. 157-8)

I bhfianaise an léimh sin a rinne an Piarsach ar nádúr an Ghaeil agus ar mhianach na litríochta Gaeilge, ní haon iontas é go dtuigfeadh sé gur rud naofa é slánú an dúchais Ghaelaigh. Ba é an tuiscint sin go háirithe a spreag é chun gníomh a dhéanamh chun aos óg na Galltachta a chur i dteagmháil arís lena ndúchas Gaelach, agus chun cáineadh géar a dhéanamh ar aon ionsaí a dhéanfaí ar dhúchas na leanaí Gaeltachta:

The Irish-speaking child is the most important living thing in Ireland to-day... But there is another band, smaller, alas! and dwindling day by day, infinitely pathetic, infinitely important, infinitely dear to the heart of Ireland. These are the little children nurtured in remote mountain fastnesses, and in hidden glens, and by lonely seashores, whose minds have never known any thoughts but Ireland's, whose lips have never known any speech but Ireland's. Few though they be in number, pathetic though they be in their lowliness, in their poverty, in their ignorance so carefully fostered by those whose proud task it should have been to lead them to knowledge, these are Ireland's most precious possession: with them she is still passing rich; without them she would be poor indeed. The movement's holiest and highest duty is to save these little souls for Ireland; to educate these young minds for Ireland; to nerve and strengthen these tiny hands that they may work and fight for Ireland.

Consider the Irish-speaking child. He is the fairest thing that springs up from the soil of Ireland – more beautiful than any flower, more graceful than any wild creature of the fields or the woods, purer than any monk or nun, wiser than any seer. The birds and the trees, the rivers and the waterfalls have whispered their secrets into his ear; the winds and the waves have made solemn music in his heart. The voice of Eire has spoken to him through generations of soldiers and poets and seanchaidhes whose traditions he has inherited with their speech. The intense spirituality, the astonishing faith, the deep reverence for things unseen which characterised the old Gael are his birthright. And he has within him the wondrous power to hand down this glowing tradition to countless future generations. In the ordinary course of nature he will exercise that power unless he is prevented by force; and we all conspire to so prevent him! ('The Irish-speaking Child', CS, 5 Eanáir, 1907, lch. 7)

Gné thábhachtach de shlánú an dúchais ab ea athbheochan na litríochta Gaeilge. Ní haon iontas é gurb é an mana a bhí ag an bPiarsach i dtús báire agus é ag cur comhairle ar nuascríbhneoirí na Gaeilge ná 'Seachain an iasacht'. ('Litridheacht Nua-Dhéanta', *St. Stephen's,* 1 Meitheamh, 1901, lgh. 9-10).

An tseanlitríocht a bhí againn anallód, uainn féin a d'fhás sí. Ní raibh baint ag aon dream eile ar thalamh an domhain léi. Pé olc maith í, uainn féin a d'fhás sí, agus ba linn féin í... Más mian linn mar sin, nualitríocht fhíorGhaeilge a chur ar bun, caithfimid, sa chéad chás de, eolas cruinn a bheith againn ar an tseanlitríocht uasal aoibhinn atá againn cheana; agus caithfimid ina theannta sin sáreolas a bheith againn ar an nGaeltacht féin, agus ar intinn, ar smaointe agus ar chúrsaí na Gaeltachta. (*ibid*).

B'ionann aige 'an iasacht' agus litríocht an Bhéarla. Ní heol dom gur mhol sé riamh do scríbhneoirí na Gaeilge aithris a dhéanamh ar scríbhneoirí an Bhéarla (a mhalairt atá fíor, dar liom), ach is léir go raibh sé ag teacht de réir a chéile ar an tuiscint nach raibh múnlaí feiliúnacha do nualitríocht phróis na Gaeilge le fáil sa tseanlitríocht ná sa bhéaloideas, agus nár leor mar ábhar don nualitríocht sin saol agus cúrsaí agus intinn na Gaeltachta. I sraith de léirmheasanna ar *An Claidheamh Soluis* mhol sé saothar na ndaoine seo: 'Conán Maol' (Pádraig Ó Séaghdha), An tAthair Peadar Ó Laoghaire, Mícheál

Mac Ruaidhrí, 'Gruagach an Tobair' (Pádraig Ó Séaghdha eile) srl., agus is léir ó na léirmheasanna sin gurb é an rud ba mhó inar chuir sé spéis, fág cúrsaí teanga is stíle, ná na comharthaí a bhí ann go raibh cuid de na húdair sin ag iarraidh teacht ar mhúnla nua scéalaíochta. Is go leithscéalach a mhol sé a leithéid i dtús báire. Agus é ag déanamh léirmheasa ar *An Buaiceas* le 'Conán Maol', dúirt sé:

> There are those who will accuse Conán of being a palpable imitator of the short story writer of the English magazines. It is quite true that, in point of form, he breaks boldly away from Irish traditions. He does not commence with the genealogy of his hero, but plunges at once *in medias res*. He leads off with an exclamation or a speech, gives us in the next paragraph the speaker's name, and a few paragraphs further down tells us who and what the speaker is. That unquestionably is the modern short story style. No doubt Conán can urge much in justification of his frank adoption of modern forms. Genealogies are out of fashion, and one cannot always stick to the folk formula 'Bhí fear ann fad ó agus is fad ó bhí.' ('Reviews', CS, 14 Márta, 1903, lch. 3)

Faoin mbliain 1905 bhí sé tar éis glacadh leis gurb é an gearrscéal an fhoirm ab fheiliúnaí do nuascríbhneoirí na Gaeilge, rud a d'fhógair sé i léirmheas a scríobh sé ar roinnt leabhrán nuafhoilsithe ar a raibh *Annála na Tuaithe,* cuid I, le 'Gruagach an Tobair'. Is éard a bhí i gceist aige leis an bhfocal 'gearrscéal' an *roman* réasúnta fada a bhí i dtreis sa Fhrainc, sa Bheilg, sa Rúis agus san Ioruaidh. Ba mhinice an *roman* seo ina anailís ar charachtar nó ina scrúdú ar fhadhb shíceolaíochta ná ina chuntas lom ar eachtraí. Dúirt sé:

> Men so far apart in point of nationality, temperament, and opinions as Camille Lemonnier in Belgium and Maxim Gorky in Russia are typical of the short story writers of to-day.
> Now we believe that this is the form in which the renascent prose literature of Ireland is likely to achieve its chief successes. The form eminently fits the genius of Irish. It is, in essentials,

the form of the popular Irish conte of the Middle Ages, only a little less naïf and more modern. The qualities in which Irish excels – nervous vigour, vividness, pathos, passion – are exactly the qualities which make for success in the short *roman.*

Luaigh sé ansin cuid de scríbhneoirí na Gaeilge a bhí ag cleachtadh an ghearrscéil (é féin ina measc faoin ainm pinn 'Colm Ó Conaire') agus ansin dúirt sé:

> In 'Gruagach an Tobair' we have an Irish writer of short stories who more nearly approximates to the continental type than any of those we have mentioned. The name of Camille Lemonnier has already cropped up. In some of 'An Gruagach's' more recent work one detects a realism, a closeness of detail, an admixture of the earthy and the spiritual which perpetually recalls the work of the author of 'Le Petit Homme de Dieu'. ('Recent Booklets', CS, 7 Deireadh Fómhair, 1905, lch. 4)

Feictear dom go ndeachaigh an Piarsach thar fóir leis an moladh i gcuid de na léirmheasanna sin, ach is dóigh liom freisin gur thuig sé é sin agus go ndearna sé amhlaidh d'aon turas d'fhonn misneach a thabhairt do na nuascríbhneoirí. Ach tá leideanna sna léirmheasanna sin nach raibh sé chomh sásta sin ar fad lena n-iarrachtaí. Dhá rud a bhí ag cur as dó, sílim: go raibh na scríbhneoirí ag cloí ródhlúth le saol na tuaithe agus go raibh siad rómhór faoi anáil an bhéaloidis. Thuig sé go raibh sé nádúrtha go mbeadh na scríbhneoirí ag trácht ar shaol na tuaithe mar gurb é an saol sin an t-aon saol amháin a raibh eolas acu air, ach d'fhógair sé gur den riachtanas é go mbeadh aigne níos leithne ag na scríbhneoirí agus go bpléifidís ábhar níos fairsinge:

> Ag léamh na n-úrscéal agus na ndrámaí duit ... cheapfá gur do bheithígh agus do chearca agus d'fhataí a bhí tús onóra ag dul i measc Gael na haimsire seo...
> Bogaimis amach ón gcarn aoiligh agus ón gcruach mhóna;

caithimis uainn salachar na hotrainne; déanaimis iarracht ar anam agus ar intinn Ghael a chur i dtuiscint dá chéile agus don domhan mór. ('Nua-Litridheacht', CS, 19 Bealtaine, 1906, lch. 6)

Bhí sé nádúrtha freisin go mbeadh tionchar láidir ag scéalaíocht an bhéaloidis ar na nuascríbhneoirí: ba é sin an t-aon lón scéalaíochta amháin a bhí ag Gaeil agus an t-aon eiseamláir a bhí ag na scríbhneoirí le leanúint dá mb'áil leo cloí leis an dúchas faoi mar a d'fhógair Pádraig Ó Duinnín i réamhrá an leabhair *Cormac Ó Conaill* (1901) agus Micheál Ó Máille i réamhrá *Eochaidh Mac Rí 'n-Éirinn* (1904). Ba é nádúr na scéalta béaloidis Gaeilge, agus scéalta na hEorpa i gcoitinne anuas go dtí tús an 17ú céad, féadaim a rá, gur ag an eachtraíocht a bhí tús áite iontu. Bhí an charachtracht fíorlag iontu: go deimhin ní raibh sna pearsana iontu ach steiréitípeanna, agus ní léir go raibh aon dearcadh ar an saol á nochtadh tríothu ná aon aidhm eile ag lucht a gceaptha ach seans a thabhairt do na léitheoirí nó do na héisteoirí éalú ar feadh tamaill óna ngnáthshaol suarach isteach i saol idéalach mar a raibh taitneamh le baint as an gcaoi ar sháraigh an laoch gach namhaid agus gach gátar. Litríocht an éalaithe atá sna scéalta sin cuid mhór, más ea, agus ní haon iontas é gur beag an beann atá ar an réalachas iontu; gur minic, mar shampla, an draíocht ag teacht i gceist iontu, agus an laoch ag teacht slán trí bhíthin gníomhartha atá thar chumas an duine dhaonna.

Le cúpla céad bliain anuas bhí athrú bunúsach tar éis teacht ar scéalaíocht na hEorpa. Tuigeadh go gcaithfeadh tús áite a bheith ag an gcarachtracht agus go gcaithfeadh an eachtraíocht fás go nádúrtha as an léiriú a dhéanfaí ar na carachtair. Tuigeadh freisin go gcaithfí cloí leis an réalachas. Agus tuigeadh thar rud ar bith eile gur den riachtanas é go mbeadh dearcadh ar leith ar an saol á nochtadh ag an údar trína scéal. In éagmais na dtuiscintí sin ní raibh aon athrú tagtha ar scéalaíocht na Gaeilge fiú faoi thús an fichiú haois, sa chaoi go mbraitheann tú laigí an-mhór ar scéalta na nuascríbhneoirí úd a bhí ag déanamh aithrise ar scéalta an bhéaloidis. Ag an eachtraíocht a bhí tús áite iontu i gcónaí; bhí an charachtracht fíorlag; níor tugadh mórán airde ar an réalachas go minic; agus níor léir go raibh aon dearcadh ar an saol á nochtadh tríothu. Thuig an Piarsach go raibh cuid de theicníocht na nuascéalaíochta Eorpaí á cleachtadh ag duine nó beirt de nuascríbhneoirí na Gaeilge: an oscailt phléascach ag 'Conán Maol', mar shampla. Chonacthas dó freisin go raibh 'Gruagach an Tobair' dílis don réalachas. Ach ar deireadh thiar bhraith sé go raibh sé thar a bheith riachtanach do na nuascríbhneoirí dul i dteagmháil gan scáth gan náire le nualitríocht na hEorpa agus litríocht chruthaitheach na Gaeilge a scaoileadh go hiomlán ó ghad an bhéaloidis:

> We hold the folktale to be a beautiful and a gracious thing only in its own time and place – and its time and place are the winter fireside, or the spring sowing-time, or the summer hay-making, or the autumn harvesting, or the country road at any season... We lay down the proposition that a living modern literature *cannot* (and if it could, should not) be built up on the folktale. The folktale is an echo of old mythologies, an unconscious stringing together of old memories and fancies: literature is a deliberate criticism of actual life... Why impose the folk attitude of mind, the folk convention of form on the makers of a literature? Why set up as a standard for the Irish writers of to-day a standard at which Aonghus Ó Dálaigh and Seathrún Céitinn would have laughed?
>
> 'Because we have no other standards', says someone who reads. But we have. We have the standard of the ancients. Irish literature gave models to Europe. Is it not high time that it should give models to Ireland? Let us, in attempting to re-make a literature here, follow, not the folk, but the makers of literature who have preceded us.
>
> Will the ancients suffice as exemplars? Frankly, we are afraid not. We must get into touch also with our contemporaries, – in France, in Russia, in Norway, in Finland, in Bohemia, in

Hungary, wherever, in short, vital literature is being produced on the face of the globe. Two influences go to the making of every artist, apart from his own personality – if, indeed, personality is not, in the main, only the sum of these influences: the influence of his ancestors and that of his contemporaries. Irish literature, if it is to live and grow, must get into contact on the one hand with its own past and on the other with the mind of contemporary Europe. It must draw the sap of its life from the soil of Ireland; but it must be open on every side to the free air of heaven.

We would have our literature modern not only in the sense of freely borrowing every modern form which it does not possess and which it is capable of assimilating, but also in texture, tone, and outlook. This is the twentieth century; and no literature can take root in the twentieth century which is not of the twentieth century. We want no Gothic revival. We would have the problems of to-day fearlessly dealt with in Irish: the loves and hates and desires and doubts of modern men and women. The drama of the land war; the tragedy of the emigration mania; the stress and poetry and comedy of the language movement; the pathos and vulgarity of Anglo-Ireland; the abounding interest of Irish politics; the relations of priest and people; the perplexing education riddle; the drink evil; the increase of lunacy; such social problems as (say) the loveless marriage; – these are matters which loom large in our daily lives, which bulk considerably in our daily conversation: but we find not the faintest echoes of them in the Irish books that are being written. There would seem to be an amazing conspiracy amongst our writers to refrain absolutely from dealing with *life* – the one thing with which, properly considered, literature has any concern!

We would have every young writer remember that his first duty is to be unafraid. If he has a message to deliver to the world, let him speak out: and the fact that his message is one that has not hitherto been delivered in Irish should not deter him, but rather urge him on. ('About Literature', CS, 26 Bealtaine, 1906, lgh. 6-7)

D'fhéadfaí an bhrí a bhaint as codanna de sin gur shíl an Piarsach gur aidhm shocheolaíoch nó theagascúil ba cheart a bheith ag an litríocht chruthaitheach. Bhí sé tar éis leas a bhaint ina lán dá aistí léirmheasa as an téarma 'criticism of life' mar chuntas ar an litríocht chruthaitheach, agus fuarthas de locht ar an téarma go raibh sé easnamhach mar chuntas. D'fhreagair an Piarsach:

> Our view of literature as a criticism of life has been objected to as partial, – as covering only one aspect of the function of literature. This, however, is to restrict unduly the connotations both of 'criticism' and of 'life'. We do not mean that every piece of literature must be didactic in aim – the world's greatest literature is for the most part singularly un-didactic; neither do we suggest that every writer ought to take up the discussion of knotty problems, psychological, social, political, and so forth. We simply put in compendious form the undoubted fact that every piece of literature, as indeed every piece of art, expresses the *views* of its creator on whatsoever may happen for the moment to be his theme. Even though it be the mere recording of an impression – a water-colour sketch of a sea-beach, a couplet describing an autumn sunset, a word-picture of a child met in a country laneway – it is, as far as it goes, the author's *view* of something, and is in this sense a piece of criticism. It is a revelation of the artist's soul: a giving back again to others of something as *he* saw it and felt it; *his* interpretation of a fragment of life.
>
> Now we hold that it is time for our Irish writers to make a brave effort to express *themselves,* – to tell us what they think, or at any rate (if they do not yet think) what they *feel.* So far for the most part they have not been doing so. ('Literature, Life, and the Oireachtas Competitions', CS, 2 Meitheamh, 1906, lgh. 6-7)

Bhí an Piarsach, mar sin, ar a dhícheall ag iarraidh comhairle a chur ar nuascríbhneoirí na Gaeilge agus ag iarraidh spreagadh agus treoir a thabhairt dóibh. Ach bhí gníomh de chineál eile á dhéanamh aige ar mhaithe le nuaphrós na Gaeilge: bhí sé féin i mbun na scéalaíochta freisin. Foilsíodh a chéad scéal, 'An tÁdhbhar Sagairt', ar *An Claidheamh Soluis,* 18 Feabhra, 1905, lgh. 5-6, agus ina dhiaidh sin foilsíodh 'Eoghainín na nÉan' (CS, 16 Meitheamh, 1906, lgh. 5-6; 23 Meitheamh, 1906, lgh. 5-6; 30 Meitheamh, 1906, lgh. 5-6; 7 Iúil, 1906, lgh. 5-6), 'Bairbre' (CS, 24 Samhain, 1906, lgh. 5-6; 1 Nollaig, 1906, lch. 6; 8 Nollaig, 1906, lch. 6) agus 'Íosagán' (CS, 22 Nollaig, 1906, lgh. 3-5). Ansin foilsíodh na ceithre scéal sin in *Íosagán agus Sgéalta Eile* (Connradh na Gaedhilge, Baile Átha Cliath, [1907]) agus gan d'athrú déanta ag an bPiarsach orthu, fág mionathruithe teanga, ach gur thug sé 'An Sagart' anois ar 'An tÁdhbhar Sagairt' (toisc, ar ndóigh, go raibh sé tuigthe aige go raibh brí leis an bhfocal 'ábhar sagairt' – mac léinn sagartóireachta – nach raibh aon bhaint aige le hábhar an scéil), agus gur chuir sé brolach réasúnta fada leis an scéal céanna sin.

Lean sé den scéalaíocht an bhliain sin. Foilsíodh 'Bríghid na nAmhrán' (CS, 3 Lúnasa, 1907, Duilleachán an Oireachtais) agus 'Bríghid na Gaoithe' (CS, 14 Nollaig, 1907, lgh. 9-10). Níor foilsíodh aon scéal eile dá chuid go ceann sé bliana eile nuair a foilsíodh 'An Mháthair' (CS, 20 Nollaig, 1913, Seanchaidhe na Nodlag). Ansin i mí Eanáir, 1916, foilsíodh *An Mháthair agus Sgéalta Eile* (The Dundalgan Press, Dún Dealgan, 1916) ina raibh 'An Mháthair' agus 'Bríghid na nAmhrán'; 'Bríghid na Gaoithe' mar chéad chuid den scéal fada 'An Bhean Chaointe'; agus 'An Dearg-daol', 'Na Bóithre' agus 'An Gadaidhe' nár foilsíodh cheana agus a scríobhadh, is cosúil, i samhradh na bliana 1915.

Thairis sin scríobh sé scéal eachtraíochta do ghasúir, *Poll an Phíobaire,* a foilsíodh ar *An Claidheamh Soluis* idir 11 Márta agus 25 Márta, 1905, agus mar leabhar (arna chur amach ag Connradh na Gaedhilge) sa bhliain 1906; agus dhá bhlúire de scéal dar teideal *An Choill* a foilsíodh ar an *Irish Review* (Vol. IV, No. 41, 1914, lgh. 248-254; No. 42, 1914, lgh. 306-316).

Is iad na deich scéal a foilsíodh in ÍSE agus MSE atá bailithe le chéile agam sa leabhar seo, agus is orthu sin atá fúm trácht a dhéanamh anois.

II

Cuireadh fáilte mhór roimh ÍSE. Dúirt léirmheastóir amháin:

The stories are not ambitious in any sense: they are children's stories, or rather stories of child life, but they are drawn with a touch of charming delicacy, and a sympathetic insight into the ways and manners and minds of children which is quite uncommon. (E. Ua M., 'Children of the West', CS, 23 Bealtaine, 1908, lch. 7)

Mhol léirmheastóir ar *An Connachtach: The Connachtman* (Márta, 1908, lch. 12) údar na scéalta seo toisc go raibh sé tar éis droim láimhe a thabhairt le foirm an scéal béaloidis agus go raibh leas bainte aige as téamaí a spreagfadh machnamh. Cuireadh an leabhar ar an gcúrsa don scrúdú idirmheánach, agus foilsíodh eagrán i ndiaidh eagráin go dtí go rabhthas tar éis cúig eagrán a fhoilsiú faoin mbliain 1915.

Ach tháinig léirmheastóir eile ar an bhfód nach raibh chomh sásta sin leis an saothar seo. Ba é sin an Dr Risteard de Hindeberg (Richard Henebry). I mí na Samhna, 1908, chuir seisean tús le sraith d'ailt faoin teideal 'Revival Irish' ar *The Leader* inar ionsaigh sé nuascríbhneoirí na Gaeilge.

Mar is léir ó theideal na sraithe, cúrsaí teanga agus stíle a bhí i gceist aige i dtús báire, agus is léir ón gcíoradh a rinne sé ar dhréachtaí le nua-údair éagsúla agus ón athscríobh a rinne sé orthu gur chreid sé nach raibh ach an t-aon bhealach amháin le Gaeilge liteartha a scríobh, is é sin 'as the Irish used to write [it] in the last days of Irish prose', mar a dúirt sé ('Revival Irish', *The Leader*, XVII,

13 (14 Samhain, 1908), lch. 305), agus gurb í Gaeilge chlasaiceach Sheathrúin Céitinn a bharrshamhail mar chaighdeán. Faoin gceathrú halt (26 Nollaig, 1908, lgh. 446-7), mar ar chuir sé tús ar scagadh ar shliocht as *An Cneamhaire* le hÚna Ní Fhaircheallaigh, bhí sé ag díriú a airde ar mhúnla agus ar ábhar na scéalaíochta freisin. Léirigh sé chun a shástachta féin go raibh codarsnacht iomlán idir an múnla is an t-ábhar 'Gaelach' agus an múnla is an t-ábhar 'Eorpach' a bhí go hiomlán faoi anáil an mhodha Ghréagaigh. Dúirt sé:

The beginning of an Irish story, being commonly a setting forth of the 'dramatis personae', should be as sensible, as accurate, and as itemised as a police permit to ride a bicycle in Berlin. (2 Eanáir, 1909, lch. 470)

Nuair a bhain Úna Ní Fhaircheallaigh úsáid as an oscailt phléascach, mar sin, chuir sí tús lena scéal ar bhealach drochmhúinte neamhGhaelach, dar leis, agus ní mhaithfeadh sé é sin di. Ar an gcaoi chéanna ní raibh gnáthrudaí suaracha riamh mar ábhar scéalaíochta ag na Gaeil; an grá, go háirithe, a bhí chomh coitianta le héirí agus le luí na gréine, ní raibh sé riamh mar phríomhábhar scéil acu (9 Eanáir, 1909, lgh. 492-3). De réir de Hindeberg, mar sin, bhí rud frithGhaelach déanta ag Úna Ní Fhaircheallaigh nuair a chum sí scéal grá.

Ba é an Piarsach an chéad údar eile dá ndearna de Hindeberg coilichín paor. In ailt a foilsíodh ar 30 Eanáir, 1909, lgh. 564-5, agus 6 Feabhra, 1909, lgh. 587-8, lean sé dá thráchtaireacht ar an gcodarsnacht idir an modh Gaelach agus an modh Eorpach (Gréagach) scéalaíochta agus léirigh gur gnéithe Eorpacha neamhGhaelacha scéalaíochta iad an t-impriseanachas agus an réalachas. Phléigh sé an chéad dá leathanach de 'Íosagán' i bhfianaise an mhéid sin ar fad, d'ionsaigh an oscailt phléascach (30 Eanáir, 1909, lch. 564) agus d'fhógair gur scríobhadh an sliocht sin 'to the standard of revolt which is called Impressionism.' (6 Feabhra, 1909, lch. 587). Ní raibh aon scéalaí i gceist:

...this is not the talk of a chronicler telling his tale of happenings, but rather the musings of a hypothetical, extra-corporeal intelligence that is omniscient. Being purely hypothetical it is non-existent, and therefore a sham, and the fundamental attitude of the narrator is in direct opposition to the fundamental canon of Keltic art, which is that the True is the Good... Furthermore, this ethereal intelligence is petulantly nice in insisting upon the inalienable right of trifles... (30 Eanáir, 1909, lch. 564)

Ní fhéadfadh sé an sliocht a athscríobh, faoi mar ba nós leis, mar go raibh sé lomlán de nithe neamhGhaelacha. Ba shampla é 'of that which must be shunned in thought, in feeling, in outlook, in expression, in word, punctuation, everything' (*ibid.*). Chríochnaigh sé a thráchtaireacht go searbh mar seo:

The present specimen is particularly vile, though apparently intended for a classic... If Irish literature is the talk of big, broad-chested men, this is the frivolous petulancy of latter-day English *genre* scribblers, and their utterance is as the mincing of the under-assistant floor-walker of a millinery shop. (6 Feabhra, 1909, lch. 588)

D'fhéadfaí a bheith ag súil leis go ndéanfadh de Hindeberg ionsaí mar sin ar an bPiarsach, ón uair gurb é ba ghlóraí ag moladh an mhodha Eorpaigh scéalaíochta le blianta beaga roimhe sin. Ach thairis sin bhí an Piarsach tar éis alt a fhoilsiú inar thug sé freagra ar na teoiricí a bhí nochta ag de Hindeberg ina chéad alt ar *The Leader* faoin gcineál Gaeilge ba cheart a úsáid mar fhriotal liteartha. I dtús an ailt sin mhaígh an Piarsach go raibh ardmheas aige ar de Hindeberg, ach lean air ansin lena léiriú gur sheafóideach an duine é. Maidir lena theoiricí teanga dúirt sé:

He is animated by a passionate hatred of change of any sort. In other words, he will not allow growth in the language. He will not allow the development of new grammatical forms, the acceptance of new conventions in style. He takes his stand (quite arbitrarily) at the year 1600 or thereabouts and calls every change that has come into the language since then a 'corruption', and 'unIrish', and 'base'. ('Is Irish a Living Language?', CS, 21 Samhain, 1908, lch. 9)

Ba mhisniúil an mhaise don Phiarsach tabhairt faoin Dr de Hindeberg ar an gcaoi sin. Cainteoir dúchais Gaeilge as na Déise ab ea Risteard de Hindeberg (1863-1916). Ornaíodh ina shagart é sa bhliain 1892 agus chaith sé ceithre bliana ag saothrú mar shagart i Sasana mar ar chuir sé aithne ar John Strachan, duine de mhórscoláirí na Sean-Ghaeilge. Ina dhiaidh sin chaith sé dhá bhliain i mbun léann na Gaeilge sa Ghearmáin faoi stiúir na beirte sárscoláire, Thurneysen agus Zimmer, agus bronnadh céim dochtúireachta air ar son tráchtais a scríobh sé faoi fhoghraíocht Ghaeilge na nDéise. Tar éis dó cúpla bliain a chaitheamh ina Ollamh san Ollscoil Chaitliceach i Washington agus tréimhse eile in Ollscoil San Francisco, chlis ar a shláinte agus d'fhill sé ar a dhúchas mar ar toghadh é ina ollamh le Ceiltis i gColáiste Ollscoile Chorcaí sa bhliain 1908. Ba chumasach ar fad an scríbhneoir Béarla é agus d'fhág sin, agus na cáilíochtaí acadúla a bhí aige, go bhféadfaí a bheith ag súil leis go dtabharfaí an-aird ar a chuid tuairimí faoi chúrsaí teanga agus litríochta. Ach dá cháilithe a bhí sé agus dá dheisbhéalaí, ba amaideach an mhaise dó a bheith ag cur ar son na Gaeilge clasaicí mar fhriotal do nualitríocht na Gaeilge, agus is é a chuir an Piarsach roimhe a léiriú go soiléir nárbh fhéidir géilleadh dó mar nárbh fhéidir ceal a chur i bhfás nádúrtha na teanga ná neamhshuim a dhéanamh de. Anuas air sin, níor mhiste a lua freisin nárbh fhéidir géilleadh do dhearcadh de Hindeberg toisc, seachas lucht léinn na Gaeilge a raibh oiliúint sa Ghaeilge chlasaiceach faighte acu, nach dtuigfeadh léitheoirí na Gaeilge an Ghaeilge chlasaiceach.

Níor éirigh leis an bPiarsach, ar ndóigh, gobán a chur i mbéal de Hindeberg. Go deimhin tá an chuma ar an scéal gurb é an t-alt úd 'Is Irish a Living Language?' a spreag de Hindeberg le fogha chomh nimhneach sin a thabhairt faoin bPiarsach. Ach chuaigh de Hindeberg i bhfad thar cailc nuair a thug sé le tuiscint go raibh an Piarsach go hiomlán faoi thionchar litríocht an Bhéarla agus nach raibh aon mheas aige ar sheanlitríocht na Gaeilge. Ba éagórach uaidh freisin a bhreithiúnas ar shaothar iomlán an Phiarsaigh a bhunú ar shliocht chomh gearr sin, agus ar an ábhar sin ní mór is fiú é mar bhreithiúnas. Chomh maith leis sin, nuair a thuigtear na slata tomhais a bhí á n-úsáid ag de Hindeberg, is léir nach bhféadfadh sé aon cheo a dhéanamh ach diúltú go glan don saghas sin litríochta, agus nach bhféadfadh sé aon scrúdú cóir a dhéanamh air.

Mar fhreagra ar ionsaí de Hindeberg dúirt an Piarsach sa bhliain 1909:

['Íosagán'] has been described by an able but eccentric critic as a 'standard of revolt'. It was meant as a standard of revolt, but my critic must pardon me if I say that the standard is not the standard of impressionism. It is the standard of definite art form as opposed to the folk form. I may or may not be a good standard bearer, but at any rate the standard is raised and the writers of Irish are flocking to it. (*The Story of a Success*, lch. 43)

Is cinnte, dar liom, gur féidir glacadh leis gur ag cothú múnla chinnte ealaíonta .i. múnla an ghearrscéil mar mhalairt ar an múnla béaloidis a bhí an Piarsach, ní hamháin in 'Íosagán' ach sna scéalta eile in ÍSE agus in MSE freisin. Laistigh den mhúnla sin, áfach, ní fhaighimid uaidh an plé sin ar fhadhbanna casta síceolaíochta, sóisialta, polaitiúla srl. a luaigh sé féin. Is é is mó atá sna scéalta seo 'a revelation of the artist's soul: a giving back again to others of something as he saw it and felt it; his interpretation of a fragment of life.'

Blúirí beaga de shaol na Gaeltachta mar a chonaic an Piarsach é, agus go háirithe mar a bhraith sé é, atá sna scéalta seo. Bhí sé faoi dhraíocht go hiomlán ag an nGaeltacht, ag saol na Gaeltachta, ag muintir na Gaeltachta agus go háirithe ag leanaí na Gaeltachta.

Toisc gurb í an Ghaeltacht fuíoll an áir a imríodh ar an dúchas, ba rud naofa aige í, agus feiceann sé í trí cheo mistiúil. An saol atá á chaitheamh ag pobal na Gaeltachta, is iarsma é, dar leis, den saol Gaelach a bhí ann sular briseadh na slata draíochta – dream uasal, neamhurchóideach, sona, soineanta daoine is ea an pobal sin, go háirithe na leanaí.

Is léir go bhfuil sé ar a dhícheall sna scéalta seo ag áitiú orainn gur pobal áirithe Gaeltachta ar leith atá i gceist aige. I réamhrá an leabhair ÍSE luann sé 'an áit uaigneach ar chiumhais na hÉireann' ina bhfuil cónaí ar na cairde a d'inis na scéalta dó, agus fiú má thugann sé 'Ros na gCaorach' ar an áit sin is léir gurb é Ros Muc atá i gceist:

> Feicim os comhair mo shúl taobh tíre cnocach gleanntach aibhneach lochach; beanna móra ag bagairt a mullach ar imeall na spéire sa chearn thiar thuaidh; cuan caol caointeach ag síneadh isteach ón bhfarraige ar gach taobh de ros; an ros ag ardú aníos ó chrioslach an chuain, ach gan an iomarca airde ann i gcóimheas leis na cnoic máguaird nó leis na beanna i gcéin; cnuasach beag tithe i ngach gleanntán is mám sléibhe, agus bothán fánach anseo is ansiúd ar ghualainn na gcnoc. (Aguisín II i mo dhiaidh anseo, lch. 150)

Luann sé corr-logainm in ÍSE, ach in MSE tá gréasán an-chinnte tíreolaíochta i gceist. Fág Bríd Ní Mhainnín a chuaigh go Baile Átha Cliath ('Bríd na nAmhrán') agus Muirne a chuaigh, más fíor di féin, go Londain Shasana ('An Bhean Chaointe'), ní théann na daoine sna scéalta seo mórán níos faide ó bhaile ná Maigh Chaorthainn (.i. Maigh Chuilinn) nó Uachtar Ard. Go deimhin is i gceantar Ros Muc féin a tharlaíonn bunáite na n-eachtraí sna scéalta seo, agus luaitear ainmneacha na mbailte fearainn agus logainmneacha eile sa cheantar sin arís agus arís eile:

> Bhí muintir Ros na gCaorach ag teacht amach an bóthar, agus muintir Ghairfeanach ag triall thart le teach na máistreása,

agus muintir Chill Bhriocáin ag bailiú anuas an cnocán, agus muintir an Turlaigh Bhig cruinnithe cheana; bhí dream ón Turlach, agus corrscata ó Ghleann Chatha, agus duine nó beirt as Inbhear ag teacht isteach an bóthar. (lch. 108 thíos)

Bhí gealadh beag ar thaobh a láimhe deise. Lochán an Turlaigh Bhig a bhí ann… D'fhág sí an Turlach Beag ina diaidh agus thug aghaidh ar an mbóthar fada díreach a théas go crosbhóthar Chill Bhriocáin. Is ar éigean a d'aithin sí cuma na dtithe ar an ardán nuair a shroich sí an crosbhóthar… chuala sí glórtha ó thaobh Shnámh Bó. Lean uirthi ag tarraingt ar an Turlach. Nuair a shroich sí Cnocán na Móna tháinig gealach amach, agus chonaic sí uaithi mothar na gcnoc… chuimhnigh sí nach raibh Cnoc an Leachta i bhfad uaithi, agus go mbeadh an reilig ar thaobh a láimhe deise ansin… Bhí sí ag Cnoc an Leachta faoin am sin. Chonacthas di go raibh Cill Eoin lán de thaibhsí… Bhí sí ar thailte Eiliúrach ansin. Chonaic sí lóchrann an locha tríd an gcraobhach. Bhain fréamh crainn tuisle aisti, agus leagadh í. (lgh. 113-4 thíos).

Lá dár scaoileadh malraigh an Ghoirt Mhóir amach ó scoil, tar éis imeachta soir do mhuintir Ghleann Chatha agus do mhuintir Dhoire an Bhainbh, d'fhan muintir an Turlaigh agus muintir Inbhir le scaitheamh cainte a bheith acu roimh scaradh dóibh ag bóthar Ros na gCaorach. Tá teach an mháistir go díreach ag ceann an bhóthair, a chúl leis an gcnoc agus a aghaidh ar Loch Eiliúrach. (lch. 121 thíos)

Thugas mo chúl ar Chill Bhriocáin agus m'aghaidh ar an Turlach. D'fhágas an Turlach i mo dhiaidh agus rinneas ar an nGort Mór. Sheasas scaitheamh ag féachaint ar bhád rámha a bhí ar thonn Loch Eiliúrach, agus scaitheamh eile ag spallaíocht le cuid de bhuachaillí an Inbhir a bhí mall ag triall ar scoil an Ghoirt Mhóir. D'fhágas mo bheannacht acu sin ag geata na scoile, agus ráiníos Gleann Chatha. Sheasas an tríú huair ag breathnú ar iolar mór a bhí á ghrianadh féin ar Charraig an Chapaill. Soir liom ansin go rabhas i nDoire an Bhainbh, agus ní raibh an uair go leith caite nuair a ghlanas Droichead na Glaise Duibhe.

Bhí teach an t-am sin cúpla céad slat soir ó Dhroichead na Glaise Duibhe, le hais an bhóthair ar thaobh do láimhe deise ag tarraingt ar an Scríb duit. (lgh. 128-30 thíos)

Chomh maith leis sin, na hainmneacha atá ar na daoine sna scéalta in ÍSE agus MSE araon, idir ainmneacha baiste agus sloinnte, is ainmneacha iad ar fad a bhí, agus atá, an-choitianta in Iar-Chonnachta.

D'fhéadfaí a áitiú gur toise seachtrach na hainmneacha sin ar fad: is é sin le rá, go bhféadfadh duine nach raibh aon aithne aige ar cheantar Ros Muc na scéalta seo a léamh, agus cé nach dtuigfeadh sé go raibh aon bhaint ar leith ag na hainmneacha áite agus pearsan sin le haon áit ar leith, nach gcaillfeadh sé aon chuid de bhrí na scéalta. Ach is cinnte go gcaillfeadh sé cuid mhór de 'bhlas' na scéalta, agus braithim go ndearna an Piarsach na hainmneacha sin a roghnú chomh cúramach sin, agus gur thug sé cuntas chomh cáiréiseach sin ar cheantar Ros Muc d'aon turas mar gur theastaigh uaidh pearsana agus eachtraí na scéalta seo a shuí ar bhealach an-chinnte i gceantar áirithe ar leith, ceantar Ros Muc.

D'fhéadfaí dul ag sáraíocht ar an gcaoi chéanna faoi ghné stairiúil na scéalta seo. Is cinnte go bhfuil cuid de na scéalta seo bunaithe ar eachtraí stairiúla.

Deir Colm Ó Gaora agus é ag trácht ar an gcéad uair dár tháinig an Piarsach go Ros Muc sa bhliain 1903:

Bhí sé ag an Aifreann an Domhnach sin i Ros Muc. D'fhógair an sagart ón altóir an lá céanna go raibh cás scannalach sa bpobal, ach ó ba rud é go raibh strainséara de dhuine uasal i láthair nach labhródh sé air inniu. Is ón gcéad seanmóir a chuala an Piarsach i Ros Muc a fuair sé ábhar an scéil sin *An Dearg Daol.* (*Mise,* eagrán nua, Oifig an tSoláthair, Baile Átha Cliath, 1969, lgh. 33-4; an chéad chló, 1943)

Ón mbliain sin amach chaitheadh an Piarsach an chuid is mó dá laethanta saoire i Ros Muc. 'Fear Bhaile Átha Cliath' a thugadh muintir na háite air, agus is léir gur ag fonóid faoi féin agus faoina phost mar eagarthóir ar *An Claidheamh Soluis* atá sé nuair a thugann sé ar dhuine de mhuintir Ros na gCaorach labhairt mar seo i dtús an scéil 'Na Bóithre':

> Beidh cuimhne i Ros na gCaorach go héag ar an oíche ar thug fear Bhaile Átha Cliath an fhleá dúinn i dteach scoile an Turlaigh Bhig. Ní raibh d'ainm ná de shloinne againn ar an bhfear céanna riamh ach fear Bhaile Átha Cliath. Is é a deireadh Peaitín Pháraic linn gur fear scríofa páipéir nuaíochta é. Léadh Peaitín an páipéar Gaeilge a thagadh go dtí an mháistreás gach seachtain, agus is beag ní nach raibh ar eolas aige, mar bhíodh cur síos ar an bpáipéar sin ar imeachtaí an Domhain Thiar agus ar imeachtaí an Domhain Thoir, agus ní bhíodh teora leis an méid feasa a bhíodh ag Peaitín le tabhairt dúinn gach Domhnach ag geata an tséipéil. Deireadh sé linn go raibh an-chuimse airgid ag fear Bhaile Átha Cliath, mar go raibh dhá chéad punt sa bhliain ag dul dó as ucht an páipéar sin a scríobh gach uile sheachtain. (lch. 105 thíos)

Bhí teach ag duine de 'mhóruaisle' Shasana san áit mar a gcaitheadh sé féin agus a chairde samhradh agus fómhar na bliana. Thugadh na boic mhóra seo fleá agus féasta do pháistí scoile na háite uair nó dhó i rith an tséasúir agus ar an gcaoi sin bhí tionchar an Ghalldachais á leathadh i measc na ndaoine. Shíl an Piarsach iarracht a dhéanamh an tionchar sin a laghdú agus na daoine a mhealladh óna ndílseacht do na boic mhóra. Sa bhliain 1906 chuir sé cóisir ar bun é féin dóibh i dteach scoile an Turlaigh Bhig. Sin í an chóisir ar a bhfuil an cuntas ar an bhfleá in 'Na Bóithre' bunaithe. (féach *Mise*, lgh. 34-5)

Tugann Colm Ó Gaora le tuiscint freisin go bhfuil cuid de na pearsana i scéalta an Phiarsaigh bunaithe ar phearsana stairiúla:

Is fada fánach ar chuid mhaith acu seo atá luaite [ag an bPiarsach]. Tá roinn bheag fós acu faoi oineach an tsaoil. Sean-Mhaitias – m'athair féin – go ndéana Dia maith ar a anam, tá sé curtha caillte ó 1919. An scéilín úd, *Ábhar an tSagairt* [*sic*], fuair an Piarsach snáithe an scéil i bhfoisceacht leathmhíle dá theach féin. Mo léan dóite! is fada an lá ó tháinig scéal a bháis ó Mheiriceá. Tá Brídín, a bhfuil cur síos uirthi sa scéal sin, *Bairbre*, ag déanamh oibreacha Dé i bhfad i gcéin ina bean rialta... Is fadó imithe an Dearg Daol ón áit seo, agus tá an Gadaí ina fhear mór agus dearmad déanta aige ar an gcoir mhór a rinne sé ina óige. Sa tír nach mbíonn uirthi mórán bóthar a shiúl atá Nóra Chóil Labhráis, agus í ag cuimhneamh anois is arís ar an leathchuma a rinneadh uirthi an oíche fadó faoi fhleá an Turlaigh Bhig. (*ibid.* lch. 36)

D'fhéadfaí a rá arís gur toise seachliteartha é an toise stairiúil sin, agus nach gcuireann sé ar aon bhealach lenár dtuiscint ar na scéalta. Os a choinne sin thall, áfach, cuireann an Piarsach an chuid is mó de na scéalta seo inár láthair ar bhealach a thugann le tuiscint go bhfuil fírinne stairiúil áirithe ag baint leo, mar go gcuireann sé iad á n-insint ag duine (reacaire) a raibh baint aige féin leis na himeachtaí nó/agus a fuair eolas faoi na pearsana agus na himeachtaí ó fhoinse iontaofa.

An 'hypothetical, extra-corporeal intelligence that is omniscient' de reacaire a chuir samhnas chomh mór sin ar de Hindeberg nuair a casadh air i dtús 'Íosagán' é, níor bhain an Piarsach úsáid as ach i dtrí scéal eile: an chéad leagan de 'An Sagart' .i. 'An tÁbhar Sagairt', 'An Mháthair' agus 'An Gadaí'. Ainneoin go bhfuil buntáistí móra ag baint leis an gcineál sin reacaireachta i dtaca leis an tsaoirse a fhágann sí ag an údar mar go bhfágtar lánchead ag an reacaire uilefheasach intinn na bpearsan a nochtadh agus nach dtógtar aon cheist faoi iontaofacht an reacaire ná faoi bharántúlacht a thuairisce, sna scéalta eile ar fad is pearsa áirithe inaitheanta atá mar reacaire. Thairis sin is duine de mhuintir na háite, Ros na gCaorach, an reacaire in 'An Deargadaol', 'Na Bóithre', 'Bríd na nAmhrán' agus 'An Bhean

Chaointe', agus is duine a bhfuil eolas cruinn aige ar an áit agus ar mhuintir na háite é in dhá scéal eile, 'An Sagart' agus 'Bairbre', rud a chothaíonn ar a bhealach féin blas láidir logánta. Níl aon amhras orm ach gur d'aon oghaim a rinne an Piarsach é sin.

Féach gur chuir sé brolach leis an scéal 'An Sagart' agus é á fhoilsiú in ÍSE (lch. 61 thíos), agus go ndearna sé é sin, ní hamháin chun léiriú a thabhairt ar charachtar na máthar, Nóra, agus chun béim a leagan air gurb ise príomhphearsa an scéil, ach freisin chun an blas logánta a chothú, agus fós chun an toise stairiúil a láidriú trí dhuine a thagann go minic ar cuairt chuig Ros na gCaorach a chur mar reacaire in áit na pearsa anaithnid de reacaire uilefheasach a bhí sa chéad leagan den scéal, agus trína insint dúinn gurb í Nóra féin a thug an cuntas ar imeachtaí a maicín don reacaire.

Láimhseáil den chineál céanna mórán a rinne sé ar an reacaireacht in 'An Bhean Chaointe'. Sa chéad chuid den scéal sin insíonn duine de mhuintir na háite faoin gcéad uair dár casadh Muirne air, agus sa dara cuid de insíonn sé scéal Mhuirne agus a mic faoi mar a chuala sé óna athair féin é. Chomh maith leis an mblas logánta a chothú, tá d'éifeacht bhreise ag baint leis an gcur chuige sin sa chás áirithe seo go bhfónann sé le codarsnacht thábhachtach a áitiú idir soineantacht an ghasúirín, Cóilín, is príomhreacaire sa scéal agus urchóid na feille a imríodh ar mhac na mná caointe, Cóilín eile, ar cuireadh marú tiarna talún ina leith, a daoradh chun a chrochta san éagóir, is cosúil, is a fuair bás i bpríosún, agus ar an mbean chaointe féin, Muirne, a chuaigh as a meabhair de bharr oidhe a mic. Cuireann an chodarsnacht sin go mór le sceimhle, le huafás agus le truamhéala an scéil.

Tá teorainneacha an-chinnte leis an modh reacaireachta sin, áfach, sa mhéid nach féidir leis an reacaire dul laistigh d'aigne na bpearsan, ná aon eachtra ná comhrá ná caint a thuairisciú gan foinse na tuairisce sin (é féin nó duine éigin eile) a nochtadh go soiléir. Tá fadhbanna ag baint leis sin. Ar an gcéad dul síos fágann sé go bhfuil mórdheacrachtaí ag baint leis an ainilís shíceolaíoch; agus chomh maith leis sin nuair a athraíonn láthair na n-eachtraí go minic, mar a tharlaíonn, mar shampla, sa dara cuid de 'An Bhean

31

Chaointe', bíonn gá le hiarracht an-diongbháilte le foinsí cuí eolais a sholáthar. Is léir gur thuig an Piarsach an dara deacracht sin, pé scéal é. In 'An Bhean Chaointe' d'éirigh leis foinse iontaofa eolais a dhéanamh d'athair an reacaire óig, Cóilín, mar léirigh sé go raibh seisean páirteach i gcuid de na himeachtaí (in Uachtar Ard, i dteach na cúirte, i dteach an tsagairt, srl.) agus nuair nach raibh (i dteach Mhuirne nuair a tháinig an t-arm le mac Mhuirne a ghabháil, i mBaile Átha Cliath, i Londain, srl.), léirigh sé go bhfuair sé tuairisc ó Chuimín Ó Nia agus ó Mhuirne féin.

Ní léir gur chaith an Piarsach an cúram céanna le cuid de na scéalta eile ar chuir sé tús leo leis an gcineál sin reacaireachta. In 'Bríd na nAmhrán', insíonn duine de mhuintir na háite an scéal agus léirítear go cúramach an bhaint a bhí aige féin leis na himeachtaí go dtí go dtosaíonn sé ar a thuairisc ar thuras Bhríde go Baile Átha Cliath. Ní léir ansin cé uaidh a fuair sé cuntas ar a himeachtaí le linn an turais sin agus ag an Oireachtas, ná ar a bás. Os a choinne sin thall in 'An Mháthair' is reacaire anaithnid uilefheasach a insíonn an scéal, ba dhóigh leat; ach seoltar reacaire inaitheanta isteach san aguisín i ndeireadh an scéil, rud a fhágann go bhfuil éiginnteacht áirithe ag baint leis an reacaireacht sa scéal sin. I dtús 'Bairbre', 'Eoghainín na nÉan' agus 'Na Bóithre', cuirtear an reacaire in aithne dúinn, ach ansin leanann na scéalta sin ar aghaidh faoi mar a bheadh reacaire uilefheasach á n-insint. Is cosúil gur thuig an Piarsach go raibh laige ag baint leis an ngné sin de 'Bairbre', ach go háirithe, mar gur fhógair sé sa réamhrá le ÍSE gurb í Brídín féin, príomhphearsa an scéil, a d'inis an scéal dó (Aguisín II i mo dhiaidh anseo, lch. 151). Is cineál gluaise ar an scéal an nóta sin, áfach, agus ní shlánaíonn sé an scéal; thairis sin scriosann sé an t-idirdhealú idir an t-údar agus an reacaire.

Tá fadhbanna de shaghsanna eile ag baint le 'Bairbre' agus le 'Eoghainín na nÉan' ar fhéach an Piarsach le hiad a réiteach ar shlite atá suimiúil. Saol aislingeach an pháiste atá i gceist sa dá cheann acu, agus tá easpa dealraitheachta ag baint leo araon. In 'Bairbre', tuigtear do Bhrídín, mar is dual don pháiste, go bhfuil meabhair, mothúcháin agus urlabhra ag ainmhithe agus ag nithe neamhbheo chomh maith céanna agus atá ag daoine. Bíonn sí ag caint leis an gcat is leis an madra, agus leis an dá bhábóg, Bairbre agus Niamh Chinn Óir, agus nuair a fhaigheann sí Niamh Chinn Óir mar bhronntanas is go gcaitheann sí Bairbre i dtraipisí tar éis í a bheith mar dhlúthchara aici le tamall fada, glacann an reacaire leis go bhfuil Bairbre gortaithe go mór. Tuigeann an reacaire nach mbeadh glacadh ag an ngnáthléitheoir leis na tuiscintí páistiúla úd, agus d'fhonn an gad sin a scaoileadh d'fhéach an Piarsach lena fhógairt nach gnáth-ghearrscéal an scéal seo. Tar éis réamhrá sách réchúiseach ina gcuireann an reacaire Bairbre agus Brídín in aithne don léitheoir, deir sé: 'Maidir le Bairbre... is ea, tá sé chomh maith agam eachtra agus imeachtaí Bhairbre a insint duit tríd síos.' Tagann teideal scéal Bhairbre ina dhiaidh sin: 'EACHTRA BHAIRBRE ANSEO' agus tar éis chríoch an scéil sin tá an ráiteas: 'Gurb é sin Eachtra agus Oidhe Bhairbre go nuige sin.'

Sna liostaí ón dara céad déag de scéalta a d'insíodh filí na hÉireann sna meánaoiseanna, liostaí ina bhfuil na scéalta roinnte ina n-earnálacha, tá an roinnt déanta de réir an chéad fhocail i dteideal na scéalta: *aideda, aitheada, echtraí, immrama, tána, tochmarca, &rl.* Ba mhinic foirmle ar an dul seo mar theideal scéil sna lámhscríbhinní: focal acu sin thuas nó ceann mar iad; ansin ainm duine; agus ar deireadh na focail *anseo (síos)* nó *sonn* nó a leithéid eile, mar shampla, *Táin Bó Cúailnge inso sís; Immram Brain maic Febail... andso sís; Seirglige Con Culaind inso sís;* úsáideadh an focal *eachtra* i dteideal mórán scéalta a cumadh sna meánaoiseanna deireanacha agus fiú sa séú is sa seachtú céad déag, mar shampla, *Eachtra Thaidhg mhic Chéin anseo síos; Eachtra rí thuaithe luchra is lupracán go hEamhain síosana; Eachtra Chonaill Gulban sonn; Eachtra agus imeacht Lomnochtáin... anseo síos.* Dhéantaí deireadh scéil a fhógairt sna lámhscríbhinní freisin le formle den sórt céanna a thosaigh le *gurab* (nó foirm éigin eile den fhocal sin, leithéid *conid, conadh, gonadh) é/í (sin)*, a luaigh teideal nó ábhar an scéil agus a chríochnaigh le *go nuige sin* nó a leithéid, mar shampla, *Conad é imthúsa in Duinn Cúailnge ocus tabairt na Tána ann sin; Conid é merugud Uilix maic Leirtis ó thús co derid co sin; Gonadh ní do sgéalaibh agus do imtheachtuibh Suibhne... go nuige sin; Conadh hé Cath Finntrágha conigi sin...; Gurab í sin Bruighean Eochaidh Bhig Dheirg go nuige sin; Gona í sin Tóraidheacht Dhiarmada agus Ghráinne go nuige sin*; agus go sonrach i gcás an dá scéal Fiannaíochta a chuir an Piarsach féin in eagar, *Bodach an Chóta Lachtna* (eag. 1906) agus *Bruidhean Chaorthainn* (eag. 1908): *Gurab í sin Eachtra Bhodaigh an Chóta Lachtna annso, Gonadh í sin críoch Bhruidhne Caorthainn go nuige sin*. Maidir leis na hoidheanna (*aideda*), dá réir sin, faightear foirmlí dúnta mar seo sna lámhscríbhinní: *Conid hísin Aided Guill meic Carbada ocus Aided Gairb Glinne Rige; Conid í Aided Diarmata mic Cerbaill in so; Conadh í Oidhe Cloinne Lir conuige sin; Conid iad imthechta tuaithe luchra ocus Aided Fergus conuige sin.*

Mar aithris ar na foirmlí traidisiúnta oscailte agus dúnta sin a chuir an Piarsach a leithéidí chun fónaimh in 'Bairbre', is léir, agus ba dhóigh liom go ndearna sé amhlaidh d'fhonn a thabhairt le tuiscint gur scéal traidisiúnta, mar dhea, seachas gearrscéal nua-aimseartha é sin, agus go bhfuil sé saor, dá bhrí sin, ó rialacha na dealraitheachta. Leis an tuiscint sin a chur i gcion ar an léitheoir is ea a úsáideann an reacaire caint an-réchúiseach, ní amháin i réamhrá an scéil, mar a luaigh mé cheana, ach tríd an scéal síos, caint atá breac le nathanna mar 'Ní gá dom a rá', 'Is é mo bharúil', 'Táim in amhras', 'Níor mhaith liom a rá... ach is dóigh liom...; agus táim lánchinnte', nathanna a thugann le fios gur scéalaí traidisiúnta atá ag insint an scéil d'éisteoir seachas do léitheoir agus nach mbeadh leisce ar bith ar a leithéid dul ag áitiú ar an éisteoir nach féidir a bheith cinnte nach bhfuil bunús maith le dearcadh na bpáistí ar an saol:

Is dóigh go ndéarfar liom nárbh fhéidir na smaointe seo ná smaointe ar bith eile a bheith i gcroí Bhairbre, mar nach raibh inti ach bréagán maide gan mothú, gan mheabhair, gan tuiscint, gan treoir. Mo fhreagra ar aon duine a labhrós mar seo liom: **Cá bhfios dúinn?** Cá bhfios duitse nó domsa nach bhfuil a mothú is a meabhair féin, a dtuiscint is a dtreoir féin, ag bábóga is ag bréagáin mhaide, ag an gcrann is ag an gcnoc, ag an abhainn is ag an eas, ag mionscotha na páirce is ag mionchlocha na trá? – is ea agus ag na céadta rudaí eile a fheicimid inár dtimpeall? Ní abraim go bhfuil; ach ba dhána an mhaise domsa nó d'aon duine eile a rá nach bhfuil. Is dóigh leis na páistí go bhfuil; agus is é mo bharúil gur tuisceanaí na páistí i nithe den sórt seo ná tusa is mise (lch. 79 i mo dhiaidh anseo).

Tá fadhb den chineál céanna i dtaca le dealraitheacht de ag baint le stádas an chuntais a thugann Eoghainín in 'Eoghainín na nÉan' ar a chuid comhráite leis na fáinleoga agus ar na cuntais a thugann siadsan dó ar a gcuid taistil. Sa chás seo freisin tugann an t-údar fógra i dtosach an scéil nach mór glacadh leis nach gnáth-ghearrscéal atá anseo ach oiread, mar nach bhfuil dealramh na fírinne ar an tuairisc a thugann an reacaire ar fhoinsí an scéil:

Comhrá a tharla idir Eoghainín na nÉan agus a mháthair tráthnóna earraigh roimh dhul faoi don ghrian. *An chéirseach agus an gealbhan buí a chuala é agus (de réir mar a mheasaim) a d'inis do mo chairde, na fáinleoga, é. Na fáinleoga a d'inis an scéal domsa* (lch. 82 i mo dhiaidh anseo; liomsa an cló iodálach).

D'fheilfeadh iarracht éigin den sórt sin le fadhb na neamhdhealraitheachta i gcás 'Íosagán' agus 'An Mháthair' a réiteach freisin, iarracht a mbeifí ag súil léi ón uair gur cosúil gur shíl an Piarsach an dúrud den dá scéal sin, nó ar a laghad den ábhar iontu, agus gur léir gur thuig sé go raibh fadhb ag baint leo.

Ba é 'Íosagán' an ceathrú scéal a d'fhoilsigh an Piarsach ar *An Claidheamh Solais* (féach lch. 20 romham anseo); mar sin féin, nuair a d'fhoilsigh sé a chéad chnuasach de scéalta, thug sé tús áite ann do 'Íosagán', sa tslí go dtuigfeá gur thábhachtaí leis an scéal sin ná na trí cinn eile, 'An Sagart', 'Eoghainín na nÉan' agus 'Bairbre'. Anuas air sin is é an toradh a bhí ar an rud a rinne sé gur cuireadh teideal an chéad scéil sin, agus an scéal féin, chun suntais de bhrí gur tugadh áit dó i dteideal an leabhair féin, *Íosagán agus Sgéalta Eile*. Ina dhiaidh sin, bhunaigh sé dráma ar ábhar an scéil sin agus foilsíodh an dráma, dar teideal *Íosagán* freisin, ar *An Macaomh* (II, 2 (1909), lgh. 40-49). Maidir le 'An Mháthair', ainneoin go raibh an Piarsach tar éis dhá scéal eile a fhoilsiú ar *An Claidheamh Soluis*, sular fhoilsigh sé an scéal sin air (féach lch. 20 romham anseo), nuair a chuir sé an dara díolaim amach, thug sé tús áite don scéal sin sa leabhar, rud a d'fhág arís go raibh teideal an scéil mar chuid de theideal an leabhair, *An Mháthair agus Sgéalta Eile*.

An misteachas úd 'nach n-aithníonn aon líne dealaithe idir an rud a fheictear agus an rud nach bhfeictear' ar ghlac an Piarsach leis gur gné bhuan de dhúchas na Gaeilge é, agus a raibh tábhacht mhór ag baint leis, dá bharr sin, dar leis (féach lgh. 10-12 romham anseo), ba é an misteachas sin a bhí á nochtadh freisin san ábhar ar a raibh an dá scéal sin, 'Íosagán' agus 'An Mháthair', bunaithe. Maidir le 'Íosagán', chuir an Piarsach nóta leis an leagan Béarla den dráma a bhunaigh sé ar an scéal sin (féach *Collected Works of Pádraic H. Pearse: Plays, Stories, Poems,* lch. [102]), nóta inar mhínigh sé gurb é a bhí in 'Íosagán' díspeagadh ceana den ainm 'Íosa' agus gur úsáideadh é sa dán fíorálainn 'Ísucán' a leagtar ar Naomh Íde. Bhí sí sin suas thart ar lár an séú céad agus is é is dóichí gur thart ar A.D. 900 a cumadh an dán. Sa dán úd labhraíonn Íde leis an leanbh Íosa atá á oiliúint aici ina díseart, agus i scéal an Phiarsaigh tagann Íosa óg le labhairt le Sean-Mhaitias, agus is cosúil, dá bhrí sin, gur ag fógairt an ghaoil idir a scéal féin agus litríocht chráifeach Ghaeilge na meánaoiseanna a bhí an Piarsach nuair a d'úsáid sé an t-ainm 'Íosagán' mar theideal don scéal úd dá chuid. Bhí leanúnachas agus buaine ag baint freisin le traidisiún Gaelach na cráifeachta, dar leis an bPiarsach: bhí an seanchreideamh beo i gcónaí i measc na ndaoine, agus dúirt sé go raibh 'Íosagán' agus 'An Mháthair' bunaithe go baileach ar chreideamh sin na muintire:

In bringing the Child Jesus into the midst of a group of boys disputing about their games, or to the knee of an old man who sings nursery rhymes to children, I am imagining nothing improbable, nothing outside the bounds of the everyday experience of innocent little children and reverent-minded old men and women. I know a priest who believes that he was

summoned to the death-bed of a parishioner by Our Lord in
person; and there are many hundreds of people in the
countryside I write of who know that on certain nights Mary
and her Child walk through the villages and if the cottage
doors be left open, enter and sit awhile at the firesides of the
poor. (*The Story of a Success,* lch. 44).

Ag gaibhniú lúb eile le cur le slabhra na litríochta dúchais a bhí
an Piarsach nuair a chum sé a chuid scéalta. Is dóigh liom, áfach, go
bhfacthas dó gur lúba a raibh tábhacht ar leith ag baint leo an dá
scéal 'Íosagán' agus 'An Mháthair', de bhrí go raibh an misteachas
dúchais go mór i gceist iontu, agus creidim gur dá bharr sin a
d'fhéach sé lena gcur chun suntais.

Is é an buille é, áfach, nach mar a chéile 'nothing improbable'
agus 'nothing outside the bounds of the everyday experience of
innocent little children and reverent-minded old men and women.'
Is fíor go nglacfadh leanaí agus seandaoine cráifeacha leis gan cheist
go dtaispeánfadh Íosagán é féin d'fhear a raibh cion mór aige ar
pháistí, agus go gcreidfidís go mbíonn Muire ag dul thart oíche
Nollag agus a Leanbh ina baclainn aici agus í ag lorg iostais. Ach ní
féidir a bheith ag súil leis go nglacfadh gach léitheoir chomh héasca
sin lena leithéid: theastódh an creideamh sin a áitiú ar bhealach
éigin ar an ngnáthléitheoir, nó bearna a chruthú ar shlí éigin idir
neamhdhóchúlacht an scéil agus an gnáthshaol. Ní dhearna an
Piarsach é sin in 'Íosagán' ná in 'An Mháthair', ainneoin gur cinnte
gur aithin sé an fhadhb. Ag tagairt dó don dráma a bhunaigh sé ar
an scéal, 'Íosagán', dúirt sé:

[It] is not a play for the ordinary theatres or for the ordinary
players. It requires a certain atmosphere, and a certain attitude
of mind on the part of the actors. It has in fact been written for
performance in a particular place [Scoil Éanna] and by
particular players [Scoláirí Scoil Éanna]. I know that in that
place and by those players it will treated with the reverence
due to a prayer (*ibid.* lgh 43-44).

Is ionann sin is a rá, nárbh fhéidir an dráma sin a léiriú ach amháin i gcúinsí áirithe ar leith, agus murab ann do na cúinsí sin nach n-éireodh leis an dráma. Is é a fhearacht sin é freisin ag an ngearrscéal 'Íosagán' agus ag 'An Mháthair': tá an dá cheann acu curtha i láthair ar shlí nach ligeann don reacaire a neamhdhóchúla atá a bhfuil á insint iontu a admháil, ná a aithint gur duine neamhshofaisticiúil amháin a ghlacfadh gan cheist lena chuntas. Ach murab ionann agus údar an dráma arbh fhéidir leis, lena linn féin ar a laghad, na cúinsí ina léireofaí an dráma a shocrú, níorbh fhéidir le húdar na scéalta a chinntiú gur go neamhcheisteach a léifí i gcónaí iad. Fágann sé sin go bhfanann an dá scéal seo, a raibh an oiread sin measa ag an bPiarsach orthu, go bhfanann siad ar bheagán éifeachta mar nach bhfuil iontu ach iarrachtaí simplí maoithneacha le dearcadh saonta áirithe a réadú.

Is é 'An Deargadaol' an scéal is simplí ar mhórán bealaí dár scríobh an Piarsach, ach is é an scéal is éifeachtaí uaidh freisin. Duine de mhuintir na háite atá mar reacaire anseo, ach ligeann seisean don fhear siúil as Dúiche Sheoighe a scéal féin a insint. Cruthaítear atmasféar aduain i dtús báire a fheileann don scéal atá le hinsint ag an bhfear siúil. Léirítear go soiléir an ghné mhíthaitneamhach úd den mhoráltacht phoiblí a d'fhág go bhféadfadh an sagart an bhean áirithe seo a dhamnú go poiblí i ngeall ar pheaca éigin a bhí déanta aici agus a d'fhág gurbh éigean di saol uaigneach aonaránach a chaitheamh feasta mar gur ghlac an pobal le treoir an tsagairt. Bhí trua ag an bhfear siúil don bhean bhocht, áfach, agus fiú má tháinig an mí-ádh air tar éis na teagmhála a bhí aige léi, ní léir go nglacann sé leis gur de bharr na teagmhála sin a tháinig an mí-ádh air. Ní léir ach oiread, áfach, go dtuigfeadh sé go bhféadfadh cúiseanna nádúrtha a bheith lena chuid tubaistí. Fágann an éiginnteacht sin go gcaithfidh an léitheoir freagra a chuardach dó féin faoi rúndiamhra na beatha.

Údarás an tsagairt ba thrúig don scéal sin 'An Deargadaol'. Go hiondúil, ní mar fhoinse údaráis a léirítear an sagart i scéalta seo an Phiarsaigh, ach mar chrann taca an phobail, mar anamchara agus mar chomhairleoir caoin. In 'An Bhean Chaointe' tagann údarás eile i gceist, údarás agus tíorántacht an rialtais ghallda agus na dtiarnaí talún. Sa chéad chuid den scéal sin spreagtar fiosracht an léitheora faoi Mhuirne ar bhealach éifeachtach. Sa dara cuid den scéal tugann athair an reacaire cuntas ar imeachtaí Mhuirne agus a mic agus áitíonn go raibh an mac, Cóilín, neamhchiontach agus gurb é tíorántacht agus camastaíl an rialtais ba chúis le príosúntacht agus bás Chóilín agus le droch-chás Mhuirne. Is é laige an chuntais sin nach léirítear céard a bhí le gnóthú ag an rialtas trí bhíthin mharú an tiarna talún agus phríosúntacht is bhás Chóilín, ach tá léiriú cumasach sa scéal ar ghrá na máthar dá mac agus ar a calmacht agus í ag iarraidh é a shaoradh, fág go bhfuil an cuntas ar a turas go Londain do-chreidte. Theip ar iarrachtaí Mhuirne ar fad, ar ndóigh, agus nuair a tháinig scéala bhás a mic, chuaigh sí as a meabhair. Tugtar freagra mar sin i ndeireadh an scéil ar an gceist a tógadh ina thús: céard ba chúis le haistíl Mhuirne?

Má fhágaimid 'An Deargadaol' agus 'An Bhean Chaointe' as an áireamh, is ar éigean má thagann gné dhuairc na beatha i gceist sna scéalta seo ar chor ar bith. Is fíor go bhfuil bás linbh leis an eitinn i gceist in 'Eoghainín na nÉan', ach pléitear ar bhealach chomh liriciúil sin é go gceiltear cuid mhór an ghné thragóideach, fiú i bhfianaise na tuisceana atá ag an sagart go bhfuil an bás i ndán d'Eoghainín agus ainneoin sceimhle na máthar i dtreo dheireadh an scéil agus a huaignis san aguisín. Ar an gcaoi chéanna bíodh gur fhulaing Nóra ('Na Bóithre') agus Antaine ('An Gadaí') broid anama de bharr na 'gcoireanna' a bhí déanta acu agus go raibh anbhuain áirithe ar Nóra faoi iompar aisteach a maicín ('An Sagart'), tá deireadh sona maoithneach le gach aon cheann de na scéalta sin. Go deimhin is é an maoithneachas an tréith is láidre sna scéalta seo, go háirithe sna cinn sin ina bhfuil saol na bpáistí faoi thrácht ('An Sagart', 'Bairbre', 'Eoghainín na nÉan', 'Na Bóithre', 'An Gadaí') agus go háirithe iontu sin ina dtagann caidreamh na máthar lena leanbh i gceist ('An Sagart', 'Bairbre', 'Eoghainín na nÉan').

In 'Íosagán' agus 'An Mháthair', áfach, is é an chaoi a nglactar go huile is go hiomlán le dearcadh agus le creideamh na muintire is mó a chothaíonn an maoithneachas.

39

An dearcadh aonghnéitheach rómánsach maoithneach atá mar
bhunús le formhór na scéalta seo, is é is cúis le cúinge na
carachtrachta iontu freisin. Má fhágaimid as an áireamh an léiriú a
thugtar ar uabhar Bhríde in 'Bríd na nAmhrán' agus ar dhílseacht is
ar chalmacht Mhuirne in 'An Bhean Chaointe', ní mór is fiú an
scagadh a rinne an Piarsach ar charachtar aon duine de na pearsana
fásta eile atá i gceist sna scéalta seo. In 'Íosagán', mar shampla, ní
thugann sé aon léargas cóir dúinn ar an gcúis a bhí ag Sean-
Mhaitias le fanacht ón Aifreann, ná ní léiríonn sé ach ar éigean an
tionchar a bhí aige sin ar Shean-Mhaitias féin. Ar ndóigh bhí a
leithéid taobh amuigh de réimse an scéil aige, arb éard atá ann léiriú
go raibh an seanfhear an-ghar do Dhia, fiú má bhí droim láimhe
tugtha aige le gnáthchleachtais phoiblí an chreidimh, toisc, mar a
dúirt an sagart, go raibh grá aige 'don ní is áille is is glaine dár
chruthaigh Dia – anam gléigeal an pháiste.' Is ar an gcuntas ar an
ngrá sin agus ar an toradh a bhí air a dhírigh an Piarsach a aird ar
fad. Ach pé fadhb phearsanta a bhí ag Sean-Mhaitias agus pé
cráiteacht a bhain lena bheatha dá barr ('D'fhan an seanfhear ag
éisteacht nó gur stad clog an Aifrinn dá bhualadh. Nuair a bhí
deireadh leis, lig sé osna, mar a ligfeadh an té a mbeadh cumha is
tuirse air'), fanann sé ina phearsa atá íon naofa ar fad (féach go
háirithe an cuntas air, lgh. 53-55, i mo dhiaidh anseo) agus tá
réiteach a fhaidhbe ró-éasca go mór fada.

Is fearr liom an léiriú a thugtar ar chrá croí Mháire in 'An
Mháthair' (lgh. 97-8 i mo dhiaidh anseo), ach, mar a dúirt mé ar
ball, feictear dom go dteipeann ar an scéal mar gur theip ar an údar
a áitiú orainn go bhfuil réiteach fhadhb Mháire inchreidte dáiríre.

Tá iarrachtaí suntasacha tugtha ag an bPiarsach ar ghnéithe
áirithe de shaol an linbh a léiriú i gcuid de na scéalta seo. An
míshásamh agus an cantal ar fad a tháinig ar Nóra in 'Na Bóithre' i
ngeall ar an éagóir a imríodh uirthi, an aisling a bhí aici den tsaoirse
a bheadh aici dá n-imeodh sí ó bhaile, an scéin a bhuail í nuair a
shíl sí go raibh na taibhsí sa tóir uirthi, tá sé sin ar fad go breá beo
inchreidte. Ar an gcaoi chéanna, feictear dom gur thug an Piarsach
léiriú fíorbhreá in 'An Gadaí' ar ar fhulaing Antaine de chrá

coinsiasa agus de náire i ngeall ar an ngoid a rinne sé. In 'Bairbre' agus 'Eoghainín na nÉan' tugann an Piarsach sinn isteach i saol aislingeach na bpáistí mar a bhfuil na bábóga ina gcomrádaithe fíora do Bhrídín sa tslí gur féidir éagóir a dhéanamh orthu siúd chomh maith le duine daonna ar bith, agus mar a bhfuil scéalta chomh hiontach le hinsint ag na fáinleoga d'Eoghainín agus a bheadh ag aon taistealaí daonna ar bith. Fear arbh fhearr leis 'comhrá malrach is girseach ná comhrá fear ná ban' a chum na scéalta sin, ba dhóigh liom.

Ceannródaí i nualitríocht na Gaeilge ab ea an Piarsach ar mhórán bealaí. Ba é ba thúisce a rinne iarracht léirmheastóireacht chiallmhar a dhéanamh ar nualitríocht na Gaeilge. Ní i gcónaí a d'éirigh leis téarmaíocht chruinn léirmheastóireachta a aimsiú dó féin, ach ní fhéadfá é a cháineadh go róghéar faoi sin mar go raibh sé ag iarraidh litríocht Ghaeilge a phlé ar bhealach nár pléadh í cheana, agus bhí air a bheith ag tarraingt ar mhodhanna agus ar théarmaíocht chriticiúil na n-eachtrannach. D'fhéadfaí a áitiú freisin go ndeachaigh sé thar fóir leis an moladh agus saothar na nuascríbhneoirí á phlé aige. Ach caithfear a thuiscint gurbh eol go maith dó na fadhbanna a bhí le sárú ag na scríbhneoirí sin, agus gurbh í a phríomhaidhm misneach agus spreagadh a thabhairt dóibh. Ar chaoi ar bith, níor staon sé riamh ach ag cur comhairle ar na scríbhneoirí a gceird a fhoghlaim go beacht, agus is air is treise a bhí sé gur chóir dóibh droim láimhe a thabhairt leis na múnlaí agus leis an ábhar traidisiúnta agus gur den riachtanas dóibh glacadh le múnlaí comhaimseartha Eorpacha agus ábhair chomhaimseartha a phlé. Bhí toradh ar an ngné seo dá shaothar léirmheastóireachta, ach go háirithe, sa mhéid gur thug Pádraig Ó Conaire cluas dá chomhairle, go ndearna sé dá réir agus gur mhol sé do scríbhneoirí eile na Gaeilge an rud céanna a dhéanamh (féach Cathal Ó Háinle, *Promhadh Pinn,* Má Nuad, 1978, lgh. 198-221).

Feictear dom nár éirigh leis an bPiarsach a chomhairle féin a chur i ngníomh go hiomlán nuair a chuaigh sé i mbun gearrscéalta a scríobh. Mar sin féin, léiríonn na scéalta seo ar an iomlán go raibh féith nach suarach scéalaíochta ann, bíodh gur léir uathu nach raibh an raon leathan samhlaíochta agus mothúchán aige a bhí, abraimis, ag a dheisceabal, Pádraig Ó Conaire. Ach feictear dom go léiríonn siad freisin nárbh é tallann na scéalaíochta mórthallann an Phiarsaigh, ach tallann na liriciúlachta. An dearcadh rómánsach a bhí aige ar an bpobal agus ar an saol atá athchruthaithe aige sna scéalta seo, is é a bhronnann orthu cáilíocht úd an mhaoithneachais arb í a mórlaige í. Ach is é freisin a bhronnann orthu cáilíocht na liriciúlachta arb í a mórbhua. Tá cuid de na scéalta seo – 'Íosagán', 'An Sagart', 'Eoghainín na nÉan', 'An Mháthair', abraimis – agus sleachta áirithe sna scéalta eile ar fad beagnach, a bhféadfaí iad a léamh mar dhánta fada liriciúla próis, sa tslí go bhfeictear dom gur mó dá cheart a thabharfaí don Phiarsach agus a thallann á mheas i bhfianaise na scéalta seo, dá mbreathnófaí air mar fhile próis seachas mar ghnáthscéalaí.

III

Agus mé ag déanamh eagarthóireachta ar na scéalta seo, ghlac mé leis an gcéad eagrán de *Íosagán agus Sgéalta Eile* (1907) agus de *An Mháthair agus Sgéalta Eile* (1916) mar bhuntéacs. Chuir mé i suim freisin na leaganacha úd de chuid de na scéalta seo a foilsíodh ar *An Claidheamh Soluis* agus atheagráin áirithe den dá leabhar úd, go háirithe an t-eagrán in *Scríbhinní Phádraig Mhic Phiarais*. D'fhéach mé le téacs a sholáthar a bhfaigheadh lucht léite na linne seo blas air agus san am céanna gan cur isteach rómhór ar stíl scríbhneoireachta an Phiarsaigh. Rinne mé normalú ar an litriú; ach thairis sin rinne mé athruithe áirithe eile ar an teanga i bhfianaise na dtuiscintí a bhí agam ar na tionchair a bhí ag dul i bhfeidhm air agus é ag múnlú stíl scríbhneoireachta dó féin.

Bhí spéis thar na bearta ag an bPiarsach i gceist na stíle próis. I dtús ré na hathbheochana troideadh cath mór faoin gceist seo. Bhí dream amháin ann, a raibh an Dr de Hindeberg ina measc (lgh. 21-25 romham anseo), a d'fhógair go gcaithfí filleadh ar fhriotal próis an seachtú céad déag (.i. friotal próis na Gaeilge clasaicí), agus bhí dream eile ann a d'éiligh go nglacfaí le caint bheo na ndaoine. Glacadh ar deireadh thiar le caint na ndaoine.

Tá difríochtaí áirithe idir an Ghaeilge chlasaiceach agus canúintí beo na Gaeilge. I dtaca leis an teanga scríofa de is iad na difríochtaí comhréire agus deilbhíochta is tábhachtaí. Ach nuair a thuigtear gur léiriú í an Ghaeilge chlasaiceach scríofa ar chanúint áirithe agus go bhfuil difríochtaí foghraíochta idir an chanúint sin agus canúintí beo na linne seo, tuigfear freisin go mbeadh difríochtaí litrithe idir an Ghaeilge chlasaiceach scríofa agus leagan scríofa na gcanúintí beo, mar léiriú ar na difríochtaí foghraíochta sin. Tagann na difríochtaí sin ar fad i gceist de bharr fhorás nádúrtha na gcanúintí éagsúla agus fós de bharr an tionchair a bhí ag teangacha iasachta (go háirithe an Béarla) ar an nGaeilge. Ní hionann, ar ndóigh, na difríochtaí ó chanúint bheo go chéile.

Ní heol dom gur scríobh an Piarsach fíor-Ghaeilge chlasaiceach riamh, ach i dtús a ré mar scríbhneoir, bhí gnaoi aige ar an nGaeilge sin agus d'fhéach sé le haithris a dhéanamh ar ghnéithe áirithe di. Gnéithe deilbhíochta is mó atá i gceist, ach tagann roinnt áirithe gnéithe comhréire i gceist freisin. Fágann sé sin blas an-liteartha ar a chuid próis. Thairis sin, ba dhóigh leat go raibh sé ar a dhícheall ag iarraidh aithris a dhéanamh ar stíl uamach na Fiannaíochta in aiste faoin bhFiannaíocht a d'fhoilsigh sé ar *Irisleabhar na Gaedhilge* (X, 117 (Meitheamh, 1900), lgh. 532-8):

Níor mhair riamh i nÉirinn iath-ghlais oileánaigh, ná i nAlbain achd chomh beag, aon dream do Ghaedhealaibh do sháruigh ar cháil ná ar chlú, ar threise ná ar thréineas, ar fhéile ná ar fhíor-uaisleachd, an drong mhórdha mhear-mheanmnach úd .i. Fianna glan-áilne Gaedheal. (lch. 532)

Níor thug sé droim láimhe ar fad riamh leis an gcineál sin Gaeilge liteartha. Go deimhin bhain sé feidhm éifeachtach aisti sna príomhailt agus sna haistí, go háirithe na fabhalscéalta, a d'fhoilsigh sé ar *An Barr Buadh* sa bhliain 1912 agus sa dá bhlúire den scéal *An*

Choill a d'fhoilsigh sé ar an *Irish Review*. Ach a luaithe a thosaigh sé ag scríobh léirmheasanna ar na saothair i gcaint na ndaoine a bhí á bhfoilsiú i mblianta tosaigh an chéid seo, bhí friotal próis na saothar sin ar cheann de na nithe is mó a fuair sé le moladh iontu. Luaigh sé prós féitheogach 'Chonáin Mhaoil' in *An Buaiceas* (CS, 14 Márta, 1903, lch. 3) agus bhain sé feidhm as na focail chéanna agus *Séadna* an Athar Peadar Ó Laoghaire á mholadh aige (CS, 24 Meán Fómhair, 1904, lch. 8). A shimplí neamhchasta a bhí prós an Athar Peadar in *Séadna, An Craosdeamhan* agus *Niamh* is mó a thaitin leis (CS, 27 Bealtaine, 1905, lch. 5; 7 Meán Fómhair, 1907, lch. 7). Bhí an prós sin bunaithe ar chaint na ndaoine, ach níorbh é caint na ndaoine é:

> If *Séadna* may be taken as a foretaste, then we may say that the Irish prose of tomorrow, whilst retaining much of the lyric swing and love of melody of later Irish prose, will be characterised by the terseness, the crispness, the plain straight-forwardness, the muscular force of what is best in medieval Irish literature. Its distinctive note will be strength. It will be founded on the speech of the people, but it will not be the speech of the people; for the ordinary speech of the people is never literature, though it be the stuff of which literature is made. (CS, 24 Meán Fómhair, 1904, lch. 8)

Bhí go leor de na scríbhneoirí in ann caint na ndaoine a bhreacadh síos, dar leis, ach níor leor leis é sin (CS, 14 Márta, 1903, lch. 3; 2 Meitheamh, 1906, lgh. 6-7). Theastaigh uaidh go bhfágfadh an scríbhneoir rian a phearsantachta féin ar a chuid próis; go deimhin ba ionann aige stíl agus pearsantacht an údair:

> 'Conán Maol' is one of the few who have fashioned for themselves a distinctive style in Irish... The true literary artist is like a painter as compared with a photographer. The one gives us back what he sees transformed into something radiant and gracious by the impression of his own personality, the other

produces a mere mechanical copy. Style, after all, is only another name for personality...

Conán's vigorous personality looks out at you all through this book [*An Buaiceas*]. His way of telling things is essentially his own. He reminds one at times of a giant who glories in his strength. He does not hesitate to take liberties with his language. That, of course, is the privilege of one who is absolute master of the medium he employs. A master of speech can play with it, juggle with it, bend it this way and that. Sheer audacity and sense of power will carry him through. (CS, 14 Márta, 1903, lch. 3; agus féach CS, 24 Meán Fómhair 1904, lch. 8; 2 Meitheamh, 1906, lgh. 6-7)

Ní haon iontas é, mar sin, gur cheap an Piarsach plean áirithe i gcúrsaí stíle dó féin nuair a chuaigh sé i mbun na scéalaíochta. Nuair a foilsíodh *Poll an Phíobaire* mar leabhar sa bhliain 1906, chuir sé an nóta seo leis:

In the narrative part of the story I have conformed as far as possible to literary usage in the matter of grammar and orthography: in reporting the actual words of my characters, however, I reproduce the peculiarities of our Connemara vernacular. (lch. 27)

Chloígh sé leis an bplean sin feasta ina chuid scéalaíochta.

D'fhéadfaí a áitiú nár thug an Piarsach ceachtar den dá ghné teanga leis go cruinn ar fad in *Poll an Phíobaire*. Bhí sé tar éis tréimhsí a chaitheamh i Ros Muc cheana féin, agus is léir go raibh tuiscintí áirithe aige faoi 'peculiarities' chanúint Chonamara. Thuig sé freisin go raibh riar maith de 'anglicisms' agus 'vulgarisms' ag roinnt léi (féach *The Story of a Success,* lch. 43). Ach ní raibh an Ghaeilge ó dhúchas aige, ar ndóigh, agus níor thógtha air má bhronn sé a sciar féin de 'vulgarisms' ar an gcanúint. Thug saoithíní áirithe de léirmheastóirí faoi, áfach, agus fuair locht ar a chuid Gaeilge, agus chuaigh duine acu sin, Risteard Ó Foghlú ('Fiachra

Éilgeach'), ag magadh faoin leagan úd aige 'literary usage' agus léirigh go raibh foirmeacha áirithe deilbhíochta aige san insint sa scéal sin nach raibh liteartha (*Banba,* Meitheamh, 1906, lgh. 353-4).

Ní léir gur thug an Piarsach mórán airde ar na léirmheasanna saoithíneacha sin. Ní léir dom go bhfuil an Ghaeilge aon cheo níos liteartha san insint sna scéalta in *ÍSE* a foilsíodh sa bhliain 1907 ná sa dá scéal a foilsíodh ar *An Claidheamh Soluis* i ndeireadh na bliana sin, 'Bríghid na nAmhrán' agus 'Bríghid na Gaoithe', ná mar a bhí in *Poll an Phíobaire.* Ach ansin i dtús na bliana 1909 d'fhoilsigh an Dr de Hindeberg a shraith d'ailt faoi 'Íosagán' ar *The Leader* agus san alt deireanach (13 Feabhra, 1909, lgh. 613-4) chíor sé Gaeilge an Phiarsaigh agus fuair lochtanna go leor uirthi.

Ní féidir liom a chruthú gur i ngeall ar an ionsaí sin de Hindeberg nár fhoilsigh an Piarsach a thuilleadh scéalta go dtí deireadh na bliana 1913. Go deimhin i bhfianaise an ionsaí a bhí déanta aige féin ar theoiricí de Hindeberg roimhe sin (CS, 21 Samhain, 1908, lch. 9) ba dhóigh leat nach dtabharfadh sé mórán airde ar na teoiricí céanna sin anois. Mar sin féin, tá an chosúlacht ar an scéal gur ghortaigh de Hindeberg é go hae. Sa bhliain 1912 d'fhoilsigh sé aoir bheag ghéar ar de Hindeberg ar *An Barr Buadh* ('An Teanga do bhí i mBéalaibh Báis agus na hOllamhain', *Scríbhinní Phádraig Mhic Phiarais*, lgh. 260-2); agus is cuid suntais é go bhfuil an friotal san insint in 'An Mháthair' a foilsíodh ar *An Claidheamh Soluis*, 20 Nollaig, 1913, i bhfad níos liteartha ná mar a bhí in aon scéal dár fhoilsigh sé go dtí sin. Ní hamháin sin é, ach nuair a d'athfhoilsigh sé 'Bríghid na nAmhrán' agus 'Bríghid na Gaoithe' in éineacht le 'An Mháthair' in MSE sa bhliain 1916, bhí sé tar éis iad a athscríobh agus friotal na hinsinte iontu a chur ar aon dul leis an bhfriotal insinte in 'An Mháthair'. Ba dhóigh leat go raibh sé ag iarraidh féachaint chuige nach bhféadfaí aon locht a fháil ar a chuid Gaeilge liteartha feasta.

Ar na nithe a bhí cáinte ag de Hindeberg in ailt éagsúla sa tsraith 'Revival Irish' ar *The Leader* bhí: an mhír *do* a fhágáil ar lár roimh na gnáthbhriathra san aimsir chaite srl.; foirmeacha 'místairiúla' áirithe de na briathra mírialta a úsáid; an réamhfhocal *chuig* a úsáid in áit *chum* (*chun*). Bhí neart eile le cáineadh aige freisin ba liosta le háireamh, ach léireoidh comparáid idir an dá leagan de shliocht gearr as 'Bríghid na nAmhrán' a mhéid a ghéill an Piarsach do thuairimí de Hindeberg:

> Dubhairt Bríghid an méid seo agus a sheacht n-oirid eile; acht ba léir san am chéadna go raibh fonn uirthi dul chuig an bhFeis, agus bhí a fhios againn uile go ngabhfadh. Le scéal gairid a dhéanamh dhe, bhíomar léi nó gur bhaineamar gealladh aisti go rachadh sí ann.
>
> Chuaidh. Is maith is cuimhneach liom lá na Feise. Bhí an saoghal Fódlach ann, cheapfá. (CS, 3 Lúnasa, 1907, Duilleachán an Oireachtais)

> Adubhairt Bríghid an méid sin agus a sheacht n-oirid eile; acht ba léir san am chéadna go raibh fonn uirthi dul chum na Feise agus do bhí fhios againn uile go ngeobhadh. Le scéal gairid do dhéanamh dhe, do bhíomar léithi nó gur bhaineamar gealladh aisti go rachadh sí ann.
>
> Do chuaidh. Is maith is cuimhin liom lá na Feise. Do bhí an saoghal Fódlach ann, do cheapfá. (MSE, lch. 45)

Fágann deilbhíocht an bhriathair go háirithe sa dara leagan sin blas sách ársa, sách mínádúrtha ar an insint nuair a thuigtear gur scríbhneoir 'Connachtach' atá i gceist. Ach tá rud eile le cur san áireamh anseo. An reacaire atá ag insint an scéil anseo, is duine de mhuintir Ros na gCaorach é, agus tá sé thar a bheith mínádúrtha go labhródh a leithéid siúd Gaeilge 'liteartha'. Tá an rud céanna fíor faoin reacaire in 'An Deargadaol', 'Na Bóithre' agus 'An Bhean Chaointe'.

Ar na cúiseanna sin ruaig mé an *do* roimh na briathra san aimsir chaite srl. nuair nach guta atá ina dtús, chuir mé *dúirt* in áit *adúirt*, *-gabhfadh* in áit *-geobhadh,* agus mar sin de tríd síos sna scéalta seo ar fad. Is sna scéalta in MSE is mó a tháinig sé sin i gceist, ar ndóigh.

Ach fiú sna scéalta in ÍSE tá foirmeacha áirithe deilbhíochta agus litrithe atá 'liteartha' go maith, agus atá thar a bheith mífheiliúnach sa chomhrá: tabharthach iolra na n-ainmfhocal in *-aibh*; *acht* (cónasc); *so, súd, annso, annsúd* srl. Ruaig mé an deireadh *-aibh* úd tríd síos agus chuir mé *ach* in áit *acht* agus *seo, siúd, anseo, ansiúd* in áit *so, súd, annso, annsúd*. Sílim gur féidir breathnú ar an úsáid fhairsing a bhain an Piarsach as an tabharthach uatha den ainmfhocal agus den aidiacht mar ghné liteartha freisin. Tá foirm thabharthach uatha ar leith aige d'fhocail áirithe nach bhfuil a leithéid acu sa chanúint. Os a choinne sin thall ní thugann sé aon aird ar an leas a bhaintear sa chanúint as foirm an tuisil thabharthaigh mar fhoirm don tuiseal ainmneach d'fhocail áirithe. Ar an ábhar sin shíl mé gurbh fhearr gan aitheantas a thabhairt d'fhoirm thabharthach uatha ar leith ach amháin i gcás na n-ainmfhocal *bróg, bos, cluas, cos, lámh, Éire*.

Mheas mé iarracht a dhéanamh an friotal a thabhairt chun rialtachta ar bhealaí áirithe. Níor léir dom go raibh rialtacht ar bith ag baint leis an gcaoi ar láimhseáil an Piarsach an mhír choibhneasta *a*, agus an réamhfhocal *a* (*do*) roimh an ainm briathartha. Chuir mé iad sin ar fáil tríd síos. Is fíor go gcuireann sé sin cuma beagán stóinsithe ar an gcomhrá, ach tuigfidh an léitheoir oilte go bhfuil siad le bá go minic. Ansin bháigh an Piarsach míreanna áirithe (m.sh. an mhír ghuítheach *go*, an mhír cheisteach *an*) anois is arís sa chomhrá. Ní go rialta a rinne sé é sin, áfach, agus os a choinne sin thall níor bháigh sé an mhír ghairmeach *a* riamh, fiú roimh ghuta. D'fhéadfadh a leithéid sin an léitheoir neamhoilte a chur ar strae. Chuir mé na míreanna sin ar fáil tríd síos. Tuigfidh an léitheoir oilte gur féidir iad sin (agus tuilleadh le cois) a bhá.

D'fhéach mé le caighdeán na linne seo a chur i bhfeidhm níos déine ar an insint ná ar an gcomhrá. Tá séimhiú ar *dom, duit* srl. réasúnta rialta tríd síos ag an bPiarsach, ach gur fhág sé maol iad tar éis *d, n, t, l, s*, agus fiú tar éis *dh*. Ní hé sin riail na canúna go baileach, ach d'fhág mé mar sin iad, maol nó séimhithe faoi mar a fuair mé romham iad, sa chomhrá. San insint, áfach, d'fhág mé maol iad tríd síos. Urú a leanann *sa* (*i* agus an t-alt) sa chanúint, ach amháin i gcás *d* agus *t*. Sin mar atá sé tríd síos ag an bPiarsach. D'fhág mé mar sin é sa chomhrá, ach chuir mé séimhiú in áit an uraithe san insint. Is minic nach séimhítear an consan tosaigh (go háirithe *d, t, s*) tar éis *ba* (aimsir chaite srl. den chopail) sa chanúint, agus sin mar atá sé go hiondúil ag an bPiarsach. D'fhág mé é sin mar a fuair mé romham é, maol nó séimhithe, sa chomhrá. Chuir mé an séimhiú isteach i ngach cás san insint. Is minic foirmeacha éagsúla den fhocal céanna aige: m.sh. *d'aithin, d'aithnigh; créatúr, créatúir; inseacht, insint; lonrú, lonradh; thosaigh, thosnaigh; thiontaigh, d'iontaigh.* D'fhéach mé le haon fhoirm amháin a úsáid i ngach cás tríd síos san insint, foirm chaighdeán na linne seo. Maidir le *facthas, b'fhacthas*, féach Aguisín I, lch. 146 i mo dhiaidh anseo.

Is minic foirmeacha deilbhíochta ag an bPiarsach sa chomhrá (go háirithe i gcás an ainm bhriathartha) nach bhfuil sa chanúint. Níor leasaigh mé iad sin ach amháin i gcásanna go bhfuil foirm na canúna agus foirm chaighdeán na linne seo mar a chéile.

Níor chloígh mé leis na 'rialacha' sin uair ar bith dár bhraith mé go gcuirfidís as do rithim na cainte. Chomh maith leis sin mheas mé mar chomhrá roinnt sleachta ina dtugtar smaointe pearsan i bhfoirm comhrá inmheánaigh agus is iad 'rialacha' an chomhrá a chuir mé i bhfeidhm ansin.

Tá a fhios agam go laghdaíonn an modh eagarthóireachta sin an t-idirdhealú idir friotal canúnach an chomhrá agus friotal liteartha na hinsinte. Ach ní scriosann sé an t-idirdhealú sin ar fad, agus tá súil agam go bhfágann sé an friotal tríd síos níos nádúrtha, agus níos taitneamhaí do léitheoirí an lae inniu.

Tá mé faoi chomaoin mhór ag na daoine seo a chuidigh liom agus mé i mbun na hoibre seo: Máire Ní Bháin, an tOllamh Breandán Ó Buachalla, an Dr Séamas Ó Buachalla, Ursula Ní Dhálaigh, an tUrr. Tarlach Mac Eachaidh, Art Ó Maolfabhail, an Dr Nollaig Ó Muraíle. Ba mhaith liom mo bhuíochas ó chroí a chur in iúl dóibh. Mé féin, áfach, atá freagrach as an eagarthóireacht atá déanta anseo ar ghearrscéalta an Phiarsaigh agus as an réamhrá.

Gheofar príomhscríbhinní an Phiarsaigh, fág na haistí ar *An Claidheamh Soluis,* sna cúig imleabhar a d'fhoilsigh The Phoenix Publishing Co. Ltd. faoin teideal *Complete/Collected Works of Pádraic H. Pearse.* Ón uair nach bhfuil na himleabhair uimhrithe ná aon teidil achoimre ar na leathanaigh bhrolaigh, ba dheacair tagairt chruinn a dhéanamh dóibh i gcorp an réamhrá sin thuas agam.

Tá 'The Story of a Success' (gearrchuntas ar Scoil Éanna) le fáil san imleabhar a bhfuil 'St Enda's and its Founder' breactha ar a dhroim lasmuigh agus arb é an cuntas a thugtar ar an leathanach brolaigh ar a bhfuil ann: 'The Story of a Success edited by Desmond Ryan and The Man Called Pearse by Desmond Ryan'. D'fhoilsigh Maunsel & Co. an chéad aiste acu sin mar leabhar as féin (eag. Desmond Ryan) sa bhliain 1917, *The Story of a Success* (Dublin & London), agus is don eagrán sin a rinne mé tagairt sa réamhrá sin romham.

Tá 'Some Aspects of Irish Literature' le fáil san imleabhar a bhfuil 'Songs of the Irish Rebels etc.' breactha ar a dhroim lasmuigh. Foilsíodh an léacht sin den chéad uair ar *Studies,* March, 1913, lgh. 810-22.

Ar cheann d'imleabhair *Complete/Collected Works of Pádraic H. Pearse* tá *Scríbhinní Phádraig Mhic Phiarais* ina bhfuil an dá dhráma *An Rí* agus *Íosagán,* na gearrscéalta atá curtha in eagar agam anseo, filíocht Ghaeilge an Phiarsaigh agus aistí as *An Barr Buadh.*

Ar na leabhair a cheadaigh mé agus nach bhfuil aon tagairt déanta agam dóibh sa réamhrá tá:

Edwards, Ruth Dudley: *Patrick Pearse: The Triumph of Failure,* London, 1977.

Ó Searcaigh, Séamus: *Pádraig Mac Piarais,* Baile Átha Cliath, 1938.

Porter, Raymond J.: *P. H. Pearse,* New York, 1973.

GEARRSCÉALTA AN PHIARSAIGH

ÍOSAGÁN

Bhí Sean-Mhaitias ina shuí le hais a dhorais. An té a ghabhfadh an bóthar, shílfeadh sé gur dealbh chloiche nó mharmair a bhí ann – sin nó duine marbh – mar ní chreidfeadh sé go bhféadfadh fear beo fanacht chomh ciúin, chomh socair sin. Bhí a cheann cromtha aige agus cluas air ag éisteacht. Is iomaí sin fuaim cheolmhar a bhí le cloisteáil, an té a mbeadh aird aige orthu. Chuala Sean-Mhaitias olagón na dtonn ar na carraigeacha agus monabhar an tsruthláin ag sileadh leis an gclochar. Chuala sé scréach na coirre éisc ón duirling, agus géimneach na mbó ón mbuaile, agus gealgháire na bpáistí ón bhfaiche. Ach ní le ceachtar acu seo a bhí sé ag éisteacht chomh haireach sin – cé go mba bhinn leis iad go léir – ach le glór glé glinn chlog an Aifrinn a bhí ag teacht chuige le gaoth i gciúnadas na maidine.

Bhí na daoine ar fad bailithe leo chuig an Aifreann. Chonaic Sean-Mhaitias ag gabháil thairis iad, ina nduine is ina nduine nó ina miondreamanna. Bhí na gearrbhodaigh ag rith is ag léimneach. Bhí na cailíní ag sioscadh cainte go meidhreach. Bhí na mná ag comhrá os íseal. Bhí na fir ina dtost. Mar sin a thriallaidís an bóthar gach Domhnach. Mar sin a shuíodh Sean-Mhaitias ar a chathaoir ag breathnú orthu nó go dtéidís as amharc. Thriall siad thairis an mhaidin áirithe seo mar ba ghnách. D'fhan an seanfhear ag féachaint orthu go dtí go raibh críoch leis an ngleo is leis an

bhfothram, go dtí gur ghlan an plód deireanach barr ardán na cille, go dtí nach raibh le feiceáil ach bóthar fada díreach ag síneadh amach is é bán, go dtí nach raibh fágtha ar an mbaile ach corr-sheanduine ina leaba, na páistí ag cleasaíocht ar an bhfaiche, agus é féin ina shuí le hais a dhorais.

Ní théadh Sean-Mhaitias chuig teach an phobail. Níor éist sé 'an tAifreann binn' le tuilleadh is trí scór bliain. Bhí sé ina ógánach luath láidir an uair dheireanach a choisric sé é féin i láthair an phobail, agus anois bhí sé ina sheanfhear críon caite, a chuid gruaige liathbhán, roic ina éadan, a shlinneáin cromtha. Níor fheac sé a ghlúin i bhfianaise Dé ar feadh na dtrí scór bliain sin; níor chuir sé paidir chun a Chruthaitheora; níor ghabh sé buíochas lena Shlánaitheoir. Fear ann féin ab ea Sean-Mhaitias.

Ní raibh a fhios ag aon duine go cén fáth nach dtéadh sé ar Aifreann. Dúirt daoine nár chreid sé go raibh aon Dia ann. Dúirt daoine eile go ndearna sé peaca uafásach éigin i dtús a shaoil, agus nuair nach dtabharfadh an sagart aspalóid dó ar faoistin, gur tháinig cuthach feirge air agus gur mhionnaigh sé nach dtaobhódh sé sagart ná séipéal lena bheo arís. Dúirt daoine eile – ach ní deirtí é seo ach i gcogar cois tine nuair a bhíodh na seandaoine ag seanchas leo féin tar éis dul a chodladh do na páistí – dúradar seo gur dhíol sé a anam le Fear Mór áirithe a casadh dó uair ar mhullach Chnoc an Daimh agus nach ligfeadh an té seo dó an tAifreann a chleachtadh. Níl a fhios agam an fíor bréag na scéalta seo, ach tá a fhios agam nár facthas Sean-Mhaitias ag Aifreann Dé le cuimhne cinn an duine ba shine ar an mbaile. Dúirt Cuimín Ó Nia, seanfhear a fuair bás cúpla bliain roimhe seo in aois a dheich mbliana is ceithre scór, go bhfaca sé féin ann é nuair a bhí sé ina stócach.

Ná síltear go mba dhrochdhuine Sean-Mhaitias. Bhí sé ina fhear chomh macánta, chomh simplí, chomh nádúrtha is a chasfaí ort i do shiúl lae. Níor cluineadh as a bhéal riamh ach an dea-fhocal. Ní raibh dúil aige in ól ná i gcomhluadar, in ór ná i maoin. Bhí sé bocht, ach is minic a roinneadh sé le daoine ba bhoichte ná é. Bhí trua aige don easlán. Bhí trócaire aige don truán. Bhí modh agus meas ag fir eile air. Bhí gean ag na mná, ag na páistí, agus ag na hainmhithe dó; agus bhí gean aigesean dóibhsean agus do gach ní atá grámhar croíghlan.

B'fhearr le Sean-Mhaitias comhrá ban ná comhrá fear. Ach b'fhearr leis comhrá malrach is girseach ná comhrá fear ná ban. Deireadh sé gur tuisceanaí na mná ná na fir agus gur tuisceanaí na páistí ná ceachtar acu. Is i bhfochair an dreama óig a chaitheadh sé an chuid is mó dá aimsir dhíomhaoineach. Shuíodh sé leo i gcúinne tí ag insint scéalta dóibh nó ag baint scéalta astu. B'iontach iad a chuid scéalta. Bhí Eachtra an Ghearráin Ghlais ar dheiseacht an domhain aige. Ba é an t-aon seanduine ar an mbaile é a raibh scéal Phréachán na gCearc is an Dreoilín i gceart aige. Nach é a chuireadh scanradh ar na páistí is é ag aithris ar 'fú fá féasóg' Fathaigh an Dá Cheann, is nach é a bhaineadh na gáirí astu ag cur síos ar imeachtaí an phíobaire i gCaisleán an tSeilmide! Agus na hamhráin a bhí aige! B'fhéidir leis leanbh breoite a mhealladh chun suain lena

> Seoithín seó, is codail, a pheata,
> Tá an slua sí amuigh ag siúl an ghleanna!

nó thiocfadh leis líon tí de pháistí a chur i dtrithí gáire lena

> Haidh didil dum, an cat is a mháthair,
> A d'imigh go Gaillimh ag marcaíocht ar bhardal!

Agus nach aige a bhí na seanranna greannmhara; agus na cruacheisteanna deacra; agus na tomhaiseanna breátha! Maidir le cluichí, cá raibh an té, fear, bean, nó páiste, a d'fhéadfadh 'Lúrabóg, Lárabóg' nó 'An Bhuíon Bhalbh' a choinneáil ar siúl leis?

San uair bhreá is ar thaobh an chnoic nó ag siúl na bportach a d'fheicfeá Sean-Mhaitias is a chomrádaithe beaga, é ag míniú slí bheatha na seangán is na míol críonna dóibh, nó ag ríomh scéalta i dtaobh na gráinneoige is an iora rua. Tamall eile dóibh ag bádóireacht, maide rámha ag an seanfhear, ceann eile ag buachaillín beag éigin, agus b'fhéidir gearrchaile ag stiúradh. Is minic a chluineadh na daoine a bhíodh ag obair in aice na trá

gártha áthais na bpáistí ag teacht chucu ó bhéal an chuain, nó
b'fhéidir glór Shean-Mhaitiais is é ag gabháil fhoinn:

Óró! mo churaichín Ó!
Is óró! mo bháidín!

nó rud éigin mar é.

Thagadh faitíos ar chuid de na máithreacha scaití agus deiridís le
chéile nár cheart dóibh ligean dá gclann an oiread sin aimsire a
chaitheamh i bhfochair Shean-Mhaitiais – 'fear nach dtaithíonn
ord ná Aifreann.' Uair amháin nocht bean acu na smaointe seo don
Athair Seán. Is éard a dúirt an sagart:

'Ná bac leis na páistí bochta,' ar seisean. 'Ní fhéadfaidís a bheith
i gcomhluadar ní b'fhearr.'

'Ach deirtear liom nach gcreideann sé i nDia, a Athair.'

'Is iomaí naomh sna Flaithis inniu nár chreid i nDia tráth dá shaol.
Agus cogar mé seo. Mura bhfuil grá ag Sean-Mhaitias do Dhia – rud
nach feasach duitse ná domsa – is iontach an grá atá aige don ní is áille
is is glaine dár chruthaigh Dia – anam gléigeal an pháiste. Bhí an grá
céanna ag ár Slánaitheoir féin agus ag na naoimh is glórmhaire ar
neamh dóibh. Cá bhfios dúinn nach iad na páistí a tharraingeodh
Sean-Mhaitias go glúin ár Slánaitheora fós?'

Agus fágadh an scéal mar sin.

An mhaidin Domhnaigh seo d'fhan an seanfhear ag éisteacht nó
gur stad clog an Aifrinn dá bhualadh. Nuair a bhí deireadh leis, lig sé
osna, mar a ligfeadh an té a mbeadh cumha is tuirse air, agus thug sé a
aghaidh ar an mbuíon mhalrach a bhí ag súgradh dóibh féin ar an
ngeadán féir – an 'fhaiche' a bheireadh Sean-Mhaitias air – ag an
gcrosbhóthar. Bhí aithne ag Sean-Mhaitias ar gach pataire
ceannchatach cosnochta acu. Níorbh fhearr leis caitheamh aimsire ar
bith ná a bheith ina shuí ansin ag breathnú orthu is ag éisteacht leo.
Bhí sé á gcomhaireamh, ag féachaint cé acu dá chairde a bhí ann agus
cé acu a bhí imithe chun an Aifrinn leis na daoine fásta, nuair a thug
sé faoi deara páiste ina measc nach bhfaca sé riamh roimhe. Gasúr beag
donn, a raibh cóta bán air mar a bhí ar gach malrach eile, agus é gan
bhróga gan chaipín, mar is gnách le páistí an iarthair. Bhí éadan an

mhalraigh seo chomh soilseach leis an ngrian, agus facthas do Shean-Mhaitias go raibh mar a bheadh gaethe solais ag teacht óna cheann. An ghrian ag lonrú ar a chuid gruaige, b'fhéidir.

Bhí ionadh ar an seanfhear faoin bpáiste seo a fheiceáil, mar níor chuala sé go raibh aon strainséirí tar éis teacht ar an mbaile. Bhí sé ar tí dul anonn agus duine de na scoracha beaga a cheistiú ina thaobh, nuair a chuala sé gleo is gliadar na ndaoine ag teacht abhaile ón Aifreann. Níor airigh sé an uair ag sleamhnú thairis a fhad is a bhí a aird ar chleasa na ngasúr. Bheannaigh cuid de na daoine dó ag gabháil thairis dóibh is bheannaigh seisean dóibhsean. Nuair a thug sé súil ar an scata malrach arís, ní raibh an páiste deorata ina measc.

An Domhnach ina dhiaidh sin bhí Sean-Mhaitias ina shuí le hais a dhorais, mar ba ghnách. Bhí an pobal bailithe siar chuig an Aifreann. Bhí an dream óg ag ritheacht is ag caitheamh léim ar an bhfaiche. Ag ritheacht is ag caitheamh léim ina bhfochair bhí an páiste deorata. D'fhéach Maitias air ar feadh i bhfad, mar thug sé taitneamh a chroí dó i ngeall ar áilleacht a phearsan agus gile a éadain. Sa deireadh ghlaoigh sé anall ar dhuine de na buachaillí beaga.

'Cé hé an malrach údan a fheicim in bhur measc le coicís, a Chóilín?' ar seisean, 'é sin a bhfuil an cloigeann donn air – ach fainic nach bánrua atá sé: níl a fhios agam an dubh nó fionn é is an chaoi a bhfuil an ghrian ag scalladh air. An bhfeiceann tú anois é – é sin atá ag rith chugainn?'

'Sin é Íosagán,' a deir an scorach beag.

'Íosagán?'

'Sin é an t-ainm a thugas sé air féin.'

'Cé dhar díobh é?'

'Níl a fhios agam, ach deir sé go bhfuil a Athair ina Rí.'

'Cé gcónaíonn sé?'

'Níor inis sé é sin riamh dúinn, ach deir sé nach fada uainn a theach.'

'An mbíonn sé in éindí libh go minic?'

'Bíonn, nuair a bhíos sinn ag caitheamh aimsire dhúinn féin mar seo. Ach imíonn sé uainn nuair a thagas daoine fásta sa láthair. Féach! tá sé imithe cheana!'

Bhreathnaigh an seanfhear, agus ní raibh ann ach na malraigh a raibh aithne aige orthu. Bhí an Páiste ar a dtug an gasúirín 'Íosagán' ar iarraidh. An nóiméad céanna cluineadh fothram is tormán na ndaoine ag filleadh ón Aifreann.

An chéad Domhnach eile thit gach ní amach díreach mar a thit an dá Dhomhnach roimhe sin. Bhailigh an pobal siar mar ba ghnách agus fágadh an seanfhear agus na páistí leo féin ar an mbaile. Thug croí Shean-Mhaitiais léim ina lár nuair a chonaic sé an Páiste Neamhaí ina measc arís.

D'éirigh sé. Chuaigh sé anonn agus sheas sé ina aice. Tar éis tamaill ina sheasamh dó gan chorraí, shín sé a dhá láimh chuige agus labhair sé de ghlór íseal:

'A Íosagáin!'

Chuala an Leanbh é agus tháinig sé chuige ar rith.

'Tar i leith is suigh ar mo ghlúin go fóillín, a Íosagáin.'

Chuir an Páiste a lámh i láimh thanaí chnapach an tseanfhir agus thrialladar cos ar chois trasna an bhóthair. Shuigh Sean-Mhaitias ar a chathaoir agus tharraing Íosagán lena bhrollach.

'Cé gcónaíonn tú, a Íosagáin?' ar seisean, ag labhairt os íseal i gcónaí.

'Ní fada as seo mo Theach. Cad chuige nach dtagann tú ar cuairt chugam?'

'Bheadh faitíos orm i dteach ríoga. Insítear dhom go bhfuil d'Athair ina Rí.'

'Is é Ardrí an domhain é. Ach níor ghá dhuit faitíos a bheith ort roimhe. Tá sé lán de thrócaire is de ghrá.'

'Is baolach liom nár choinnigh mé a dhlí.'

'Iarr maithiúnas air. Déanfadsa is mo Mháthair idirghuí ar do shon.'

'Is trua liom nach bhfaca mé roimhe seo thú, a Íosagáin. Cé raibh tú uaim?'

'Bhí mé anseo i gcónaí. Bím ag taisteal na mbóthar is ag siúl na gcnoc is ag treabhadh na dtonn. Bím i lár an phobail nuair a chruinníos siad isteach i mo Theach. Bím i measc na bpáistí a fhágas siad ina ndiaidh ag cleasaíocht ar an tsráid.'

'Bhí mise rófhaiteach – nó ró-uaibhreach – le dul isteach i do theach, a Íosagáin; ach fuair mé i measc na bpáistí thú.'

'Níl aon am ná áit dá mbíonn páistí ag súgradh dóibh féin nach mbímse ina bhfochair. Amanta chíonn siad mé; amanta eile ní fheiceann.'

'Ní fhaca mise riamh thú go dtí le gairid.'

'Bíonn na daoine fásta dall.'

'Agus ina dhiaidh sin gealladh dhom thú a fheiceáil, a Íosagáin?'

'Thug m'Athair cead dom mé féin a fhoilsiú duit de bhrí gur thug tú grá dá pháistí beaga.'

Cluineadh glórtha na ndaoine ag filleadh ón Aifreann.

'Caithfidh mé imeacht anois uait.'

'Lig dom imeall do chóta a phógadh, a Íosagáin.'

'Déan.'

'An bhfeicfidh mé arís thú?'

'Feicfir.'

'Cén uair?'

'Anocht.'

Leis an bhfocal sin bhí sé imithe.

'Feicfidh mé anocht é!' arsa Sean-Mhaitias agus é ag dul isteach sa teach.

Tháinig an oíche fliuch stoirmiúil. Cluineadh na tonnta móra ag briseadh le fuamán in aghaidh an chladaigh. Bhí na crainn thart timpeall ar theach an phobail ag luascadh is ag lúbadh le neart na gaoithe. (Tá an séipéal ar ardán atá ag titim le fána síos go farraige.) Bhí an tAthair Seán ar tí a leabhar a dhúnadh agus a phaidrín a rá nuair a chuala sé an torann mar a bheadh duine ag bualadh an dorais. D'éist sé ar feadh scaithimh. Chuala sé an torann arís. D'éirigh sé ón tine, chuaigh go dtí an doras, agus d'oscail é. Bhí gasúr beag fir ina sheasamh ar leac an dorais – gasúr nár chuimhneach leis an sagart a fheiceáil riamh roimhe. Bhí cóta bán air agus é gan bhróga gan chaipín. Facthas don sagart go raibh gaethe solais ag lonrú óna ghnúis agus timpeall a mhullaigh. An ghealach a bhí ag taitneamh ar a chaomhcheann donn, b'fhéidir.

'Cé atá anseo agam?' arsa an tAthair Seán.

'Cuir ort chomh tapa is is féidir leat é, a Athair, is buail soir go dtí teach Shean-Mhaitiais. Tá sé i mbéala báis.'

Níor theastaigh an dara focal ón sagart.

'Suigh anseo go mbí mé réidh,' ar seisean. Ach nuair a tháinig sé ar ais, bhí an teachtaire beag imithe.

Bhuail an tAthair Seán bóthar, agus níorbh fhada a bhain sé as, cé go raibh an ghaoth ina aghaidh, agus é ag báisteach go trom. Bhí solas i dteach Shean-Mhaitiais roimhe. Bhain sé an laiste den doras is chuaigh isteach.

'Ce hé seo chugam?' arsa an guth ó leaba an tseanfhir.

'An sagart.'

'Ba mhaith liom labhairt leat, a Athair. Suigh anseo le m'ais.' Bhí an guth fann agus tháinig na focail go mall uaidh.

Shuigh an sagart agus chuala scéal Shean-Mhaitiais ó thús deireadh. Cibé ar bith rún a bhí i gcroí an tseanduine, nochtadh do sheirbhíseach Dé ansin i lár na hoíche é. Nuair a bhí an fhaoistin thart ghlac Sean-Mhaitias Corp Chríost agus cuireadh an Ola Dheireanach air.

'Cé a dúirt leat go raibh tú ag teastáil uaim, a Athair?' ar seisean de ghlór lag íseal, nuair a bhí gach ní déanta. 'Bhí mé ag guí Dé go dtiocfá, ach ní raibh aon teachtaire agam le cur faoi do dhéin.'

'Ach chuir tú teachtaire chugam, ar ndóigh?' a deir an sagart agus ionadh mór air.

'Níor chuireas.'

'Níor chuiris? Ach tháinig gasúirín beag agus bhuail sé ar mo dhoras agus dúirt sé liom go raibh mo chúnamh ag teastáil uait!'

Dhírigh an seanfhear aniar sa leaba. Bhí faobhar ina shúile.

'Cén sórt gasúirín a bhí ann, a Athair?'

'Buachaillín beag caoin a raibh cóta bán air.'

'Ar thug tú faoi deara mar a bheadh scáile solais thart timpeall a chinn?'

'Thugas, agus chuir sé ionadh mór orm.'

D'fhéach Sean-Mhaitias suas, tháinig meangadh gáire ar a bhéal, agus shín sé amach a dhá láimh.

'Íosagán!' ar seisean.

Leis an bhfocal sin thit sé siar ar an leaba. Dhruid an sagart anonn go socair agus dhún a shúile.

AN SAGART

Is sa teach beag úd a d'fheicfeá sa ghleann síos uait, agus tú ag dul siar an bóthar ón nGort Mór go hInbhear, atá cónaí ar mo Shagart. É féin is a mháthair is a dheirfiúr bheag is a dheartháirín beag bídeach, sin a bhfuil de chomhluadar ann. Cailleadh an t-athair sular rugadh Taimín, an leanbh is óige acu. Níl aon am dá mbím i Ros na gCaorach nach gcaithim tráthnóna nó dhó ina bhfochair, mar tá an Sagart agus Máirín (an deirfiúr bheag) agus Taimín ar na cairde is dílse dá bhfuil agam. Bean óigeanta aclaí is ea máthair an tSagairt; tá sí roinnt taghdach, b'fhéidir, ach, má tá féin, tá sí ina bean chomh carthanach is atá beo ina dhiaidh sin. Is í a d'inis an scéal seo dom tráthnóna dá rabhas ar cuairt aici. Bhí sí ag níochán an tSagairt os comhair na tine ar feadh na haimsire: dabhach mhór uisce leagtha ar an urlár aici, an Sagart agus a chuid éadaigh bainte de, agus í ag sciúradh is ag cardáil gach orlach dá chorp. Tá amhras orm nár thaitnigh an obair seo go rómhaith leis an Sagart, mar anois is arís chuireadh sé béic as. Le gach béic thugadh a mháthair boiseog bheag dó agus tar éis sin phógadh sí é. Is deacair do mháthair a lámh a choisceadh ó pháiste nuair a bhíos sé nochta aici; agus ba dheacra ná sin do mháthair chomh grámhar leis an máthair seo a béal a choisceadh ó bhéilín beag dearg chomh milis le béilín Pháraic. (Páraic ainm mo Shagairt, tá a fhios agat). Ba cheart dom a rá nach raibh an Sagart ach ocht mbliana fós. Ba dheas an t-áilleán é ina sheasamh ansin agus solas na tine ag scairteadh ar a cholainn chomhdhéanta is ar a chloigeann catach, agus ag rince ina shúile glasa gáireata. Nuair a smaoiním ar Pháraic, is mar sin a fheicim os mo chomhair é, ina sheasamh ar an urlár i lóchrann na tine.

Ach i dtaobh an scéil. Tuairim is bliain roimhe seo is ea a thit sé amach. Bhí Nóra (an mháthair) ag obair ar fud an tí. Bhí Máirín is Taimín ag súgradh dóibh féin ar an urlár. 'Fromsó Framsó' a bhí ar siúl acu. Bhí Máirín a d'iarraidh na focail a mhúineadh do Thaimín,

rud a bhí ag cliseadh uirthi, arae ní raibh aon chaint ag Taimín go fóill. Tá a fhios agat na focail, is dóigh? – is fiú iad a fhoghlaim mar tá fíorfhilíocht iontu:

Fromsó Framsó
Bean a dhamhsódh,
A dhéanfadh greann,
A d'ólfadh leann,
A bheadh in am
Anseo ar maidin!

Theastaigh canna uisce ó Nóra le haghaidh tae a dhéanamh. Bhí sé in am suipéir.

'Cá bhfuil Páraic, a Mháirín?' ar sise. 'Tá sé ar iarraidh le leathuair.'

'Chuaigh sé siar sa seomra, a Mhaimín.'

'A Pháraic!' a deir an mháthair ag glaoch go hard.

Níor labhraíodh istigh.

'An gcluin tú, a Pháraic!'

Níor labhraíodh.

'Céard atá ar an ngasúr? A Pháraic, adeirim!' ar sise chomh hard is a bhí ina ceann.

'Beidh mé soir ar ball, a Mhama,' arsa an guth ón seomra.

'Corraigh leat, a mhaicín. Tá sé in am tae, agus dheamhan deoir uisce sa teach agam.'

Tháinig Páraic aniar as an seomra.

'Tá tú ar fáil sa deireadh. Gread leat síos… ach céard é seo? Cé bhfuair tú an léine sin, nó tuige a bhfuil sí ort? Céard a bhí tú a dhéanamh?'

Bhí Páraic ina sheasamh sa doras ina staic. Bhí léine feistithe air os cionn a chóitín bhig amuigh. Bhreathnaigh sé síos air féin. Bhí a aghaidh ar dearglasadh go cluasa.

'Rinne mé dearmad í a bhaint díom, a Mhama,' ar seisean.

'Tuige a bhfuil sí ort ar chor ar bith?'

'Spraoi a bhí ar bun agam.'

'Bain díot ar an bpointe í! An tslat atá uait, tú féin agus do spraoi!'

Bhain Páraic an léine de gan focal, agus d'fhág siar sa seomra í.

'Scuab leat síos go dtí an tobar anois agus faigh canna uisce dhom, mar a dhéanfadh peata.' Bhí aiféala ar Nóra cheana féin gur labhair sí chomh garbh sin leis. Is bean í nach buan a cuid feirge.

Rug Páraic ar an gcanna agus lasc leis. Tháinig Micilín Éanna, buachaill comharsan, isteach, a fhad is a bhí sé amuigh.

'Tá sé ag cinnt ormsa, a Mhicilín,' arsa Nóra tar éis scaithimh, 'a dhéanamh amach céard a bhíos Páraic a dhéanamh sa seomra sin ar feadh an tráthnóna. Ní túisce a dhinnéar caite aige gach lá ná a ghlanas sé leis isteach ansin agus bíonn sé ar iarraidh go ham suipéir.'

'Spraoi eicínt a bhíos ar bun aige,' arsa Micilín.

'Sin é a deir sé féin. Ach ní sa teach ba cheart do mhalrach mar é a bheith sáite tráthnóna breá, ach amuigh faoin aer, ag ropadh leis.'

' "Aoibhneas duine a thoil," ' arsa Micilín, ag deargadh a phíopa.

'Duine ann féin 'sea Páraic, ar chuma ar bith,' a deir Nóra. ''Sé an mac is contráilte a chonaic tú riamh é. Amanta ní thabharfadh triúr aire dhó, agus amanta eile ní aireofá sa teach é.'

Tháinig Páraic isteach faoi seo, agus níor caintíodh a thuilleadh ar an gceist. Níor éalaigh sé siar an turas seo, ach ina leaba sin shuigh sé faoi ar an urlár ag imirt 'Fromsó Framsó' le Máirín is le Taimín.

Bhí an dinnéar ar an mbord nuair a tháinig Páraic abhaile ón scoil tráthnóna lá arna mhárach. D'ith sé a chuid leite agus d'ól sé a naigín bainne go buíoch beannachtach. Chomh luath is a bhí ite agus ólta aige, chroch sé leis a mháilín leabhar, agus siar leis sa seomra mar ba ghnách.

Níor lig an mháthair uirthi go raibh sí ag cur aon suime ann.

Ach, tar éis cúpla nóiméad, d'oscail sí doras an tseomra go ciúin, agus sháigh barr a sróine isteach. Níor thug Páraic faoi deara í, ach bhí amharc aicise ar gach a raibh ar siúl sa seomra.

B'aisteach an t-amharc é. Bhí Páraic ina sheasamh in aice an bhoird, agus é gléasta sa léine arís. Os a chionn seo amuigh, siar thar a ghuaillí, bhí sé ag feistiú cóta dheirg lena mháthair, a bhíodh ar crochadh ar an mballa aici. Nuair a bhí sé seo cóirithe i gceart air, thogh sé amach an leabhar ba mhó dá raibh aige ina mháilín – 'An Dara Leabhar' a bhí ann, creidim – d'oscail é, agus leath os a chomhair ar an mbord é, ina leathluí leis an scáthán.

Ansin a thosaigh na gothaí dáiríre. Sheas Páraic ar aghaidh an bhoird amach, d'fheac a ghlúin, choisric é féin, agus thosaigh air ag paidreoireacht os ard. Ní go maith a bhí Nóra in ann é a thuiscint, ach, de réir mar a cheap sí, bhí Laidin agus Gaeilge measctha trína chéile aige, agus bhí corrfhocal aige nár chosúil le Laidin ná le Gaeilge. Babhta amháin b'fhacthas di go gcuala sí na focail 'Fromsó, Framsó', ach ní raibh sí cinnte. Dá mhéid ionadh dá raibh ar Nóra faoin obair seo, ba sheacht mó an t-ionadh a bhí uirthi nuair a chonaic sí Páraic ag umhlú, ag bualadh a uchta, ag pógadh an bhoird, ag ligean air go raibh sé ag léamh urnaithe Laidine as an 'Dara Leabhar', agus ag imirt gach cleas ab aistí ná a chéile. Níor thuig sí i gceart céard a bhí ar bun aige gur thiontaigh sé thart agus dúirt:

'*Dominus vobiscum!*'

'Go sábhála Dia sinn!' ar sise léi féin nuair a chonaic sí é seo. 'Tá sé ag cur i gcéill go bhfuil sé ina shagart agus é ag léamh Aifrinn! Sin í culaith an Aifrinn atá air, agus 'sé an leabhar beag Gaeilge Leabhar an Aifrinn!'

Ní áibhéil a rá go raibh Nóra scanraithe. Tháinig sí ar ais don chisteanach agus shuigh os comhair na tine. Ní raibh a fhios aici céard ba cheart di a dhéanamh. Bhí sí idir dhá chomhairle cé acu ba chóra di Páraic a chur trasna a glúine agus greasáil mhaith a thabhairt dó nó dul ar a dhá glúin roimhe agus a bheannacht a iarraidh!

'Cá bhfios dom,' ar sise léi féin, 'nach peaca uafásach dhom ligean dó aithris a dhéanamh ar an sagart mar sin? Ach cá bhfios dom, ina dhiaidh sin, nach naomh as na Flaithis atá sa teach agam? Agus, ar ndóigh, ba mhillteach an peaca é lámh a leagan ar naomh! Go maithe Dia dhom é, is minic a d'fhág mé rian mo mhéar air cheana! Ní mé ar pheaca dhom é? Tá mé i dteannta, go cinnte!' Níor chodail Nóra néal an oíche sin, ach ag cur na ceiste seo trí chéile.

Maidin lá arna mhárach, chomh túisce is a bhí Páraic glanta leis chun scoile, chuir Nóra an glas ar an doras, d'fhág an dá pháiste óga faoi chúram mháthair Mhicilín, agus bhuail an bóthar go Ros na gCaorach. Níor bhain sí méar dá srón nó gur thug sí teach an tsagairt phobail di féin agus gur inis a scéala ó thús deireadh don Athair Rónán. Ní dhearna an sagart ach meangadh gáire, ach bhí Nóra leis nó gur bhain sí gealladh de go ngabhfadh sé an bóthar amach chuici an tráthnóna sin. Lasc léi abhaile ansin go sásta.

Níor chlis an sagart uirthi. Bhuail sé isteach chuici sa tráthnóna. Tráthúil go leor, bhí Páraic sa seomra ag 'léamh Aifrinn'.

'Ar d'anam is ná labhair, a Athair!' arsa Nóra. 'Tá sé istigh.' Théaltaigh an bheirt ar bharr a gcos anonn go dtí doras an tseomra. Dhearcadar isteach. Bhí Páraic gléasta sa léine agus sa chóta go díreach mar a bhí an lá roimhe sin, agus é ag guí go deabhóideach. Sheas an sagart scaitheamh ag breathnú air.

Faoi dheireadh, thiontaigh mo dhuine thart, agus ag tabhairt aghaidhe ar an bpobal, mar dhea:

'*Orate, fratres,*' ar seisean amach os ard.

Le linn é seo a rá, chonaic sé a mháthair agus an sagart sa doras. Dhearg sé agus sheas gan chorraí.

'Gabh i leith anseo chugam,' a deir an tAthair Rónán.

Tháinig Páraic anall go faiteach.

'Céard é seo atá ar bun agat?' arsa an sagart.

'Bhí mé ag léamh Aifrinn, a Athair,' arsa Páraic. Dúirt sé an méid seo go cúthail, ach ba léir nár cheap sé go raibh aon cheo as an mbealach déanta aige – agus ar ndóigh, ní mó a bhí. Ach bhí

Nóra bhocht ar croitheadh le faitíos.

'Ná bí róchrua air, a Athair,' ar sise; 'níl sé ach óg.'

Leag an sagairt a lámh go héadrom ar cheann bán an stóicín, agus labhair sé go ciúin cneasta leis.

'Tá tú ró-óg fós, a Pháraicín,' a deir sé, 'le bheith i do shagart, agus níl sé geallta d'éinne ach do shagart Dé an tAifreann a rá. Ach cogar i leith chugam. Ar mhaith leat a bheith ag friotháil an Aifrinn Dé Domhnaigh?'

Las súile Pháraic agus dhearg a ghrua arís, ní le cúthaileacht an turas seo ach le barr ríméid.

'Óra, ba mhaith, a Athair,' ar seisean; 'níl rud ar bith ab fhearr liom.'

'Déanfaidh sin,' arsa an sagart. 'Feicim go bhfuil cuid de na paidreacha agat cheana.'

'Ach, a Athair, a mhuirnín …,' arsa Nóra agus stop mar sin go tobann.

'Céard atá anois ort?' a deir an sagart.

'Bríste ná bróga níor chaith sé fós!' ar sise. 'Is luath liom bríste a chur air go…'

Scairt an sagart ag gáirí.

'Níor chuala mé riamh,' ar seisean, 'go raibh call le bríste. Cuirfimid casóigín beag os cionn a chóta amuigh air, agus mise i mo bhannaí go rachaidh sé go deas dó. Maidir le bróga, tá péire againn a d'fhág Máirtín an Iascaire ina dhiaidh nuair a chuaigh sé go dtí an Clochán. Gléasfaimid i gceart thú, a Pháraic, níl baol,' ar seisean. Agus mar sin a socraíodh é.

Nuair a bhí an sagart imithe, chrom an mháthair agus phóg a maicín.

'Mo ghrá thú!' ar sise.

Ag dul a chodladh di an oíche sin, ba iad na focail dheiridh a dúirt sí léi féin: 'Beidh mo mhaicín ina shagart! Agus cá bhfios dom,' ar sise ag dúnadh a súl di, 'cá bhfios dom nach ina easpag a bheadh sé amach anseo!'

BAIRBRE

I

Ní raibh Bairbre róshlachtmhar an lá ab fhearr a bhí sí. D'admhódh
aon duine an méid sin. An chéad chás de, bhí sí geamhchaoch.
Déarfá, le breathnú uirthi, go raibh sí ar leathshúil. Níor ghéill
Brídín riamh go raibh, áfach. Uair amháin dá ndúirt cailín beag eile,
le corp oilc ar an mbeirt acu, nach raibh ag Bairbre ach 'leathshúilín
caoch ar nós cait an táilliúra,' dúirt Brídín go feargach go raibh a
dhá súil ag Bairbre chomh maith le duine, ach gurb amhlaidh a
bhíodh leathshúil dúnta aici, mar go mba leor léi an t-aon cheann
amháin (bíodh is go mba cheann caoch í) le haghaidh a cuid
gnóthaí a dhéanamh. Bíodh sin mar atá, ní féidir a cheilt go raibh
plaitín inti; agus fágaim le m'ais nach deas an rud plaitín in
ógbhean. Rud eile, bhí sí ina balbhán; nó ba chirte dom a rá nár
labhair sí le haon duine riamh ach le Brídín amháin. Má b'fhíor do
Bhrídín, bhí teanga bhlasta Ghaeilge aici agus bhí a cuid smaointe
ar áilleacht an domhain. Ní go maith a bhí sí in ann siúl, arae bhí
sí ar leathchois agus bhí an leathchos sin féin briste. Bhí dhá chois
aici tráth, ach d'ith an gadhar ceann acu, agus briseadh an ceann
eile san áit ar thit sí de bharr an drisiúir.

Ach cé hí Bairbre, arsa tusa, nó cé hí Brídín? Is í Brídín an
ghirseach bheag, nó, mar a déarfadh sí féin, an gasúirín beag mná,
atá ina cónaí sa teach is gaire do theach an mháistir – ar thaobh na
ciotóige, ar ndóigh, ag dul soir an bóthar duit. Is cosúil go
n-aithníonn tú anois í? Mura n-aithnír, níl neart agamsa ort. Níor
chualas riamh cé dar díobh í, agus dúirt sí féin liom nach bhfuil
d'ainm ar a hathair ach 'Dheaide'. Maidir le Bairbre … is ea, tá sé
chomh maith agam eachtra agus imeachtaí Bhairbre a insint duit
tríd síos.

EACHTRA BHAIRBRE ANSEO

Lá dár éirigh máthair Bhrídín, thug sí a mbricfeasta do Bhrídín agus dá hathair, don ghadhar, don chaitín, do na gamhna, do na cearca, do na géanna, do na lachain, agus do spideoigín a thagadh go dtí an doras am bricfeasta gach uile mhaidin. Nuair a bhí an méid sin déanta aici d'ith sí a bricfeasta féin. Ansin thosaigh sí á gléasadh féin le haghaidh an bhóthair.

Bhí Brídín ina suí ar a stóilín féin gan smid aisti, ach í ag cur na súl trína máthair. Sa deireadh thiar thall labhair sí:

'An bhfuil Mama ag imeacht ó Bhrídín?'

'Níl, a stór. Tiocfaidh Mama arís tráthnóna. Tá sí ag dul go Gaillimh.'

'An bhfuil Brídín ag dul ann freisin?'

'Níl, a chuid. Tá an bealach rófhada agus bheadh mo chailín beag tuirseach. Fanfaidh sí sa mbaile ag déanamh spraoi di féin, mar a dhéanfadh cailín maith. Nach bhfanfaidh?'

'Fanfaidh.'

'Ní rachaidh sí amach ar an tsráid?'

'Ní rachaidh.'

'Tiocfaidh Dheaide isteach am dinnéir agus beidh béile agaibh le chéile. Tabhair póg do Mhama anois.'

Tugadh an phóg agus bhí an mháthair ag imeacht. Phreab Brídín ina seasamh.

'A Mhama!'

'Céard é féin, a rún?'

'Nach dtabharfaidh tú féirín abhaile chuig Brídín?'

'Tabharfad, a chuid. Féirín deas.'

D'imigh an mháthair agus d'fhan Brídín go sásta sa bhaile. Shuigh sí fúithi ar a stóilín. Bhí an gadhar ina lúb os comhair na tine agus é ag srannadh. Dhúisigh Brídín é agus chuir cogar ina chluais:

'Tabharfaidh Mama féirín abhaile chuig Brídín!'

'Bhuf!' arsa an gadhar agus chuaigh a chodladh dó féin arís. Bhí a fhios ag Brídín gurbh ionann 'Bhuf!' agus 'Maith an scéal!'

Bhí an caitín ina shuí ar an teallach. Thóg Brídín ina dhá láimh é, chuimil a chealtair dá leiceann, agus chuir cogar ina chluais:

'Tabharfaidh Mama féirín abhaile chuig Brídín!'

'Mí-amha!' arsa an caitín. Bhí a fhios ag Brídín gurbh ionann 'Mí-amha!' agus 'Maith an scéal!'

Leag sí an caitín uaithi agus d'imigh ar fud an tí ag gabháil fhoinn di féin. Rinne sí amhrán beag mar a leanas:

A ghadhairín ó is a ghadhairín ó!
Codail go fóill go dtige mo Mhama!
A chaitín ó is a chaitín ó!
Bí ag crónán go dtige sí abhaile!
A ghadhairín ó is a chaitín ó!
Ar an aonach ó! atá mo Mhama,
Ach tiocfaidh sí arís tráthnóinín ó!
Is tabharfaidh sí féirín léi abhaile!

Thug sí iarracht faoin amhrán seo a mhúineadh don ghadhar, ach is mó an dúil a bhí ag an ngadhar i gcodladh ná i gceol. Thug sí iarracht faoina mhúineadh don chaitín, ach ba bhinne leis an gcaitín a chrónán féin. Nuair a tháinig a hathair isteach faoi mheán lae ní dhéanfadh dada cúis di ach an t-amhrán a rá dó agus a chur d'iallach air é a fhoghlaim de ghlanmheabhair.

D'fhill an mháthair abhaile roimh thráthnóna. Ba é an chéad fhocal a dúirt Brídín:

'Ar thug tú an féirín leat, a Mhama?'

'Thugas, a chuisle.'

'Céard a thug tú leat?'

'Tomhais!' Bhí an mháthair ina seasamh i lár an urláir. Bhí a mála leagtha ar an urlár aici agus a lámha taobh thiar di.

'*Sweets?*'

'Ní hea!'

'Cáca milis?'

'Ní hea, muis! Tá cáca milis i mo mhála agam ach ní hé sin an féirín.'

'Péire stocaí!' Níor chaith Brídín bróga ná stocaí riamh agus b'fhada di ag tnúthán leo.

'Ní hea, go deimhin! Tá tú ró-óg le haghaidh stocaí go fóillín.'

'Leabhar urnaithe!' Ní gá dom a rá nach raibh Brídín in ann léamh (arae níor chuir sí lá isteach ar scoil ina saol), ach cheap sí go raibh. 'Leabhar urnaithe!' ar sise.

'Ní hea, ar chor ar bith!'

'Céard é féin, deile?'

'Breathnaigh!'

Leath an mháthair a dhá láimh, agus céard a nochtfadh sí ach bábóigín! Bábóigín beag adhmaid a raibh plaitín inti, agus í geamhchaoch; ach bhí a dhá grua chomh dearg le caor agus bhí smigeadh gáire ar a béal. Aon duine a mbeadh cion aige do bhábóga, thabharfadh sé gean agus grá di. Las súile Bhrídín le háthas.

'Óra, nach deas í! Ara, a Mhama, a chroí, cé bhfuair tú í? Óra ó! Beidh páiste agam de mo chuid féin anois – páiste de mo chuid féinín féin! Beidh páiste ag Brídín!'

Rug sí ar an mbábóigín agus d'fháisc lena croí í. Phóg sí a plaitín beag maol is a dhá grua dhearga. Phóg sí a béilín is a sróinín geancach. Ansin chuimhnigh sí uirthi féin, chroch a ceann, agus ar sise lena máthair:

'Póch!' (mar sin a deiredh Brídín 'póg').

D'ísligh an mháthair nó gur phóg an cailín beag í. Ansin b'éigean di an bábóigín a phógadh. Tháinig an t-athair isteach ar an bpointe sin agus cuireadh faoi deara dósan an cleas céanna a dhéanamh.

Ní raibh dada ag déanamh imní do Bhrídín ar feadh an tráthnóna sin ach cén t-ainm a bhaistfeadh sí ar an mbábóg. Mhol a máthair 'Malaí' di agus cheap a hathair go mba fheiliúnach an t-ainm 'Peigí'. Ach ní raibh ceachtar acu seo sách galánta, dar le Brídín.

'Tuige ar tugadh "Brídín" ormsa, a Dheaide?' ar sise tar éis suipéir.

'Dúirt na seanmhná gur chosúil le d'Uncail Pádraic thú, agus ó tharla nárbh fhéidir "Pádraic" a bhaisteadh ort, baisteadh "Bríd" ort mar b'fhacthas dúinn gurbh é an rud ba ghaire dhó é.'

'Meas tú an cosúil í seo (an bhábóg) le m'Uncail Pádraic, a Dheaide?'

'Ó, ní cosúil ar chor ar bith. Tá d'Uncail Pádraic bán – agus creidim go bhfuil féasóg anois air.'

'Cé leis is cosúil í, deile?'

'Muise, ba deacair a rá, a chailín ó! – ba deacair sin.'

Rinne Brídín machnamh ar feadh tamaill. Bhí a hathair ag baint a cuid éadaigh di os comhair na tine ar feadh an ama seo, mar bhí sé in am aici a bheith ag dul a chodladh. Nuair a bhí bainte di, chuaigh sí ar a glúine, chuir a dhá láimhín le chéile, agus thosaigh uirthi mar seo:

'A Íosa Críosta, go mbeannaí tú agus go sábhála tú sinn! A Íosa Críosta, go mbeannaí tú Dheaide agus Mama agus Brídín, agus go gcuire tú slán sábháilte ó thubaiste agus ó anachain na bliana sinn, más é toil mo Shlánaitheora é. A Dhia, go mbeannaí tú m'Uncail Pádraic, atá anois i Meiriceá, agus m'Aint Bairbre ...' Stad sí go tobann agus chuir gáir áthais aisti.

'Tá sé agam! tá sé agam, a Dheaide!' ar sise.

'Céard atá agat, a ghrá? Fan go gcríochnaí tú do chuid paidreacha.'

'M'Aint Bairbre! Is cosúil le m'Aint Bairbre í!'

'Cé is cosúil le d'Aint Bairbre?'

'An bábóigín! Sin é an t-ainm a thabharfas mé uirthi! Bairbre!'

Lig an t-athair a sheanscairt gháire sular chuimhnigh sé nach raibh na paidreacha críochnaithe. Ní dhearna Brídín gáire ar bith, ach lean uirthi mar seo:

'Ó! a Dhia! go mbeannaí tú m'Uncail Pádraic, atá anois i Meiriceá, agus m'Aint Bairbre, agus' (seo aguisín a chuir sí féin leis) 'agus go mbeannaí tú mo Bhairbre bheag féin agus go gcoinní tú ó pheaca marfa í. Áiméan, a Thiarna!'

Scairt an t-athair ag gáirí arís. D'fhéach Brídín air agus ionadh uirthi.

'Scuab leat siar anois agus isteach in do leaba leat go beo!' ar seisean chomh luath is a d'fhéad sé labhairt le gáire. 'Agus ná déan dearmad ar Bhairbre!' ar seisean.

'Is beag an baol!' Siar léi sa seomra agus isteach sa leaba léi de léim. Bí cinnte nár dhearmad sí Bairbre.

Ón oíche sin amach ní rachadh Brídín a chodladh ar ór ná ar

airgead gan Bairbre a bheith sa leaba aici. Ní shuífeadh sí chun bia a chaitheamh gan Bairbre a bheith ina suí lena hais. Ní ghabhfadh sí amach ag déanamh grinn di féin gan Bairbre a bheith ina fochair. Domhnach amháin a dtug a máthair léi chuig an Aifreann í, ní raibh Brídín sásta gan Bairbre a thabhairt ann freisin. Ní thagadh bean chomharsan isteach ag cuairtéireacht nach gcuirfí Bairbre in aithne di. Lá dár bhuail an sagart isteach chucu d'iarr Brídín air a bheannacht a thabhairt do Bhairbre. Thug sé a bheannacht do Bhrídín féin. Shíl sise gur don bhábóg a thug sé í, agus bhí sí lánsásta.

Shocraigh Brídín parlús beag deas do Bhairbre ar bharr an drisiúir. Chuala sí go raibh parlús ag a hAint Bairbre (in Uachtar Ard a bhí sise ina cónaí) agus cheap sí nár mhór dá Bairbrese parlús a bheith aici chomh maith le duine. Thit mo Bhairbre bhocht de bharr an drisiúir lá, mar a d'insíos cheana, agus briseadh leathchos léi. Is iomaí timpiste thairis sin a d'éirigh di. Lá eile rug an gadhar uirthi agus bhí á stróiceadh ó chéile go dtáinig máthair Bhrídín do chabhair uirthi. D'fhan an leathchos shlán ag an ngadhar. Thit sí isteach san abhainn uair eile agus hóbair go mbáfaí í. Is é athair Bhrídín a tháinig do chúnamh uirthi an turas seo. Is beag nár bádh Brídín féin agus í a d'iarraidh í a tharrtháil ó phort na habhann.

Má bhí Bairbre gan a bheith ródhathúil an chéad lá a dtáinig sí, luíonn sé le nádúr nach fearr an slacht a bhí uirthi tar éis bliain a chur di. Ach ba chuma le Brídín dathúil nó mídhathúil í. Thug sí grá a croí di ón gcéad nóiméad ar leag sí súil uirthi, agus is ag méadú a bhí an grá sin ó lá go lá. Nach ag an mbeirt acu a bhíodh an greann nuair a d'fhágadh an mháthair an teach faoina gcúram tráth a mbíodh sí ar cuairt tigh chomharsan! Bhíodh an t-urlár scuabtha agus na plátaí nite acu roimpi nuair a d'fhilleadh sí. Agus nach ar an máthair a bhíodh an t-ionadh, mar dhea!

'An í Brídín a ghlan an t-urlár dá Mama?' a deireadh sí.

'Brídín agus Bairbre,' a deireadh an cailín beag.

'Muise, ní mé beo céard a dhéanfainn mura mbeadh an bheirt agaibh!' a deireadh an mháthair. Agus nach ar Bhrídín a bhíodh an ríméad agus an bród!

Agus na laethanta fada samhraidh a chuiridís díobh ar thaobh an chnoic, i measc na raithní agus na mbláthanna! – Brídín ag bailiú nóiníní is méiríní is bainne bó bleachtáin agus Bairbre á gcomhaireamh di (mar a deireadh sí); Brídín ag síorchaint agus ag insint scéalta nach gcuala duine ná daonnaí (ní áirím bábóigín) a leithéid riamh roimhe ná ó shin, agus Bairbre ag éisteacht léi; – caithfidh sé go mbíodh sí ag éisteacht go haireach, mar ní thagadh focal as a béal.

Is é mo bharúil nach raibh gearrchaile i gConnachta ná, dá n-abróinn é, sa Roinn Eorpa, ba shásta shonasaí ná Brídín na laethanta úd; agus fágaim le huacht nach raibh bábóigín faoi luí na gréine ba shásta shonasaí ná Bairbre.

Sin mar a bhí go dtáinig Niamh Chinn Óir.

II

B'as Baile Átha Cliath do Niamh Chinn Óir. Bean uasal a tháinig don Ghort Mhór ag foghlaim Gaeilge, gheall sí roimh imeacht di go gcuirfeadh sí seoid éigin chuig Brídín. Agus, ar ndóigh, chuir. Lá amháin, tuairim is seachtain tar éis imeacht di, shiúil Beartlí an Phosta isteach i lár na cisteanaí agus leag bosca mór ar an urlár.

'Duitse, a bhean óg,' ar seisean le Brídín.

'Ara, céard atá ann, a Bheartlí?'

'Cá bhfios dom? Sióg, b'fhéidir.'

'Ó bhó! Cé bhfuair tú é?'

'Ó fhirín beag glas, a raibh féasóg fhada ghorm air, caipín dearg ar a mhullach, agus é ar marcaíocht ar ghiorria.'

'Óra, a dheaide! Agus céard a dúirt sé leat, a Bheartlí?'

'Dheamhan ceo a dúirt sé ach "Tabhair é seo do Bhrídín, is mo bheannacht," agus as go brách leis le sméideadh do shúl.'

Táim in amhras nárbh fhíor do Bheartlí an tuairisc seo ar fad, ach chreid Brídín gach focal di. Ghlaoigh sí ar a máthair, san áit a raibh sí istigh sa seomra ag tógáil na háite tar éis an bhricfeasta.

'A Mhama, a Mhama, bosca mór do Bhrídín! Firín beag glas a raibh féasóg fhada ghorm air a thug do Bheartlí an Phosta é!'

Tháinig an mháthair amach agus bhailigh Beartlí leis.

'A Mhaimín, a Mhaimín, oscail an bosca go tapa! Ceapann Beartlí go mb'fhéidir gur síóg atá ann! Corraigh leat, a Mhaimín, nó cá bhfios dúinn nach múchfaí istigh sa mbosca í?'

Ghearr an mháthair an téad. Bhain sí an páipéar den bhosca. Thóg sí an clár. Céard a bheadh ann, ina luí go deas cluthar sa bhosca mar a bheadh páiste i gcliabhán, ach an bhábóg is áille is is gleoite dá bhfaca súil riamh! Bhí folt órbhuí uirthi agus é ag titim ina bhúclaí triopallacha thar a bráid is thar a guaillí. Bhí luisne an róis ina leiceann. Is í an tsamhail a bhéarfainn dá béilín dhá chaor chaorthainn, agus ba gheall le péarlaí a déad. Bhí a súile dúnta. Bhí culaith gheal shíoda ag cumhdach a coirp, agus brat dearg sróil os a cionn sin amuigh. Bhí muince niamhrach de chlocha uaisle faoina píb, agus mar bharr ar na hiontais ar fad bhí mionn ríoga ar a ceann.

'Banríon!' arsa Brídín de ghuth íseal, mar bhí sórt scátha uirthi roimh an tsióg ghlórmhar seo. 'Banríon ó Thír na nÓg! Féach, a Mhama, tá sí ina codladh. Meas tú an ndúiseoidh sí?'

'Tóg i do láimh í,' a deir an mháthair.

Shín an cailín beag a dhá láimh amach go faiteach, leag go hurramach ar an mbábóg iontach iad, agus faoi dheireadh thóg as an mbosca í. Ní túisce a rug sí uirthi ná a d'oscail an bhábóg a súile agus a dúirt de ghlór caoin binn:

'Mam-a!

'Dia dár mbeannachadh,' arsa an mháthair ag gearradh comhartha na croise uirthi féin, 'tá urlabhra aici!'

Bhí faobhar neamhghnách i súile Bhrídín agus bhí lasadh neamhghnách ina ceannaghaidh. Ach ní dóigh liom go raibh sí leath chomh scanraithe is a bhí an mháthair. Bíonn páistí ag súil le hiontais i gcónaí, agus nuair a thiteas rud iontach amach ní chuireann sé an oiread uafáis orthu is a chuireas ar dhaoine fásta.

'Tuige nach mbeadh urlabhra aici?' arsa Brídín. 'Nach bhfuil urlabhra ag Bairbre? Ach is binne i bhfad a guth seo ná guth Bhairbre.'

Mo léan thú, a Bhairbre! Cá raibh tú ar feadh na haimsire seo? I do luí ar an urlár san áit ar thit tú as láimh Bhrídín nuair a tháinig Beartlí isteach. Ní feasach mé an gcuala tú na briathra seo ó bhéal do charad. Má chualais, is dearfa go mb'arraing trí do chroí iad.

Lean Brídín uirthi ag labhairt. Labhair sí go sciobtha, a dhá súil ar lasadh ina ceann:

'Banríon í seo,' ar sise. 'Banríon sí! Féach an chulaith bhreá atá uirthi. Féach an brat sróil atá uirthi! Féach an mionn álainn atá uirthi! Is cosúil í leis an mbanríon údan a raibh Stiofán na Scéalta ag trácht uirthi an oíche cheana – an bhanríon a tháinig thar farraige ó Thír na nÓg ar marcaíocht ar an each bán. Cén t-ainm a bhí ar an mbanríon sin, a Mhama?'

'Niamh Chinn Óir'.

'Seo í Niamh Chinn Óir!' arsa an cailín beag. 'Taispeánfaidh mé do Stiofán í an chéad uair eile a thiocfas sé! Nach air a bhéas an t-áthas í a fheiceáil, a Mhama? Bhí fearg air an oíche faoi dheireadh nuair a dúirt mo Dheaide nach bhfuil sióga ar bith ann. Bhí a fhios agamsa nach raibh mo Dheaide ach ag magadh.'

Níor mhaith liom a rá gur sióg Niamh Chinn Óir, mar a shíl Brídín, ach is dóigh liom go raibh draíocht éigin ag baint léi; agus táim lánchinnte go raibh Brídín féin faoi dhraíocht ón nóiméad a dtáinig sí isteach sa teach. Mura mbeadh go raibh, ní fhágfadh sí Bairbre ina luí léi féin ar an urlár ar feadh an tráthnóna gan focal a rá léi ná fiú amháin cuimhniú uirthi go ham codlata; ná ní ghabhfadh sí a chodladh gan Bairbre a thabhairt isteach sa leaba léi mar ba ghnách. Is ar éigean a chreidfeá é, ach is í an bhanríon óg a chodail i bhfochair Bhrídín an oíche sin in ionad an chompánaigh bhig dhílis a chodlaíodh ina fochair gach oíche le bliain.

D'fhan Bairbre ina luí ar an urlár go bhfuair máthair Bhrídín í, is gur thóg is gur chuir suas ar bharr an drisiúir í san áit a raibh a parlús beag féin. Chaith Bairbre an oíche sin ar bharr an drisiúir. Níor chualas gur airigh Brídín ná a máthair ná a hathair aon chaoineachán ón gcisteanach i lár na hoíche, agus leis an fhírinne a rá ní mheasaim gur shil Bairbre deoir. Ach is cinnte go raibh sí brónach go leor, ina luí in airde ansiúd léi féin, gan lámh a carad ina

timpeall, gan teas colainne a carad á téamh, gan duine ná deoraí ina
haice, gan fuaim ar bith a chloisteáil, ach amháin na fuaimeanna
fanna fíoruaigneacha a bhíos le cloisteáil i dteach in am marfa na
hoíche.

III

Is ina suí nó ina luí ar bharr an drisiúir a chaith Bairbre bunáite na
ráithe dár gcionn. B'annamh a labhraíodh Brídín léi; agus nuair a
labhraíodh, ní dheireadh sí ach, 'Bí i do chailín maith, a Bhairbre.
Feiceann tú go bhfuilim cruógach. Caithfidh mé aire a thabhairt do
Niamh Chinn Óir. Banríon í sin, tá a fhios agat, agus caithfear aire
mhaith a thabhairt di.' Bhí Brídín ag dul in aois anois (creidim go
raibh sí cúig bliana caite nó b'fhéidir cúig bliana go leith), agus bhí
sí ag éirí as cuid de na nósanna a chleachtaíodh sí i dtús a hóige. Ní
'Brídín' a thugadh sí uirthi féin anois, mar bhí a fhios aici an bhrí
atá leis an bhfocailín 'mé', agus leis an eireabaillín sin '-im' nuair a
chuirtear i ndiaidh 'tá' agus 'níl' é. Bhí a fhios aici freisin gur mór an
meas agus an onóir atá ag dul do bhanríon thar mar atá ag dul do
chréatúirín beag bocht mar Bhairbre.

Is baolach liom nár thuig Bairbre an scéal seo ar chor ar bith. Ní
raibh inti ach bábóigín maide, agus, ar ndóigh, ba dheacair dá leithéid
croí cailín a thuiscint. Ba léir di go raibh sí caite do leataobh. Is í
Niamh Chinn Óir a chodlaíodh i bhfochair Bhrídín anois; is í Niamh
Chinn Óir a shuíodh lena hais am béile; is í Niamh Chinn Óir a
ghabhadh amach ar an gcnoc lena cois, a luíodh léi i measc na
raithní, is a théadh léi ag bailiú nóiníní is méiríní. Is í Niamh Chinn
Óir a theannadh sí lena hucht. Is í Niamh Chinn Óir a phógadh sí.
Duine eile a bheith san áit ba ghnách leatsa a bheith, duine eile a
bheith ag siúl le cois an té ar ghnách leatsa siúl lena chois, duine eile
a bheith ag pógadh an bhéil ba dhual duitse a phógadh – sin í an
phian is mó dá bhfulaingítear ar an saol seo; agus sin í an phian a bhí
i lár Bhairbre anois, á céasadh ó mhaidin go hoíche is á crá ó oíche
go maidin.

Is dóigh go ndéarfar liom nárbh fhéidir na smaointe seo ná smaointe ar bith eile a bheith i gcroí Bhairbre, mar nach raibh inti ach bréagán maide gan mhothú, gan mheabhair, gan tuiscint, gan treoir. Mo fhreagra ar aon duine a labhrós mar seo liom: **Cá bhfios dúinn?** Cá bhfios duitse nó domsa nach bhfuil a mothú is a meabhair féin, a dtuiscint is a dtreoir féin, ag bábóga is ag bréagáin mhaide, ag an gcrann is ag an gcnoc, ag an abhainn is ag an eas, ag mionscotha na páirce is ag mionchlocha na trá? – is ea agus ag na céadta rudaí eile a fheicimid inár dtimpeall? Ní abraim go bhfuil; ach ba dhána an mhaise domsa nó d'aon duine eile a rá nach bhfuil. Is dóigh leis na páistí go bhfuil; agus is é mo bharúil gur tuisceanaí na páistí i nithe den sórt seo ná tusa is mise.

Lá amháin dá raibh Bairbre ina suí go huaigneach léi féin ina parlús, bhí Brídín agus Niamh Chinn Óir i séis chomhrá cois na tine; nó b'fhearr liom a rá go raibh Brídín i séis chomhrá léi féin, agus Niamh ag éisteacht léi; mar níor chuala aon duine focal as béal na Banríona riamh ach amháin 'Mam-a'. Bhí máthair Bhrídín taobh amuigh den doras ag níochán. Bhí an t-athair ag cur fhataí sa gharraí. Níor fhan sa teach ach Brídín agus an dá bhábóg.

Is dóigh go raibh an cailín beag tuirseach, mar chaith sí an mhaidin ag níochán (níodh sí braillín agus pluid na Banríona gach seachtain). Ba ghearr go dtáinig codladh uirthi. Ba ghearr ina dhiaidh sin gur lig sí a ceann ar a brollach is go raibh sí ina toirchim suain. Ní thuigim i gceart céard a d'éirigh tar éis sin, ach de réir cosúlachta bhí Brídín ag titim le fána, nó gur síneadh ar leac an teallaigh í i bhfoisceacht orlaigh don tine. Níor dhúisigh sí, mar bhí sí ina cnap codlata. Is cosúil go raibh Niamh Chinn Óir ina codladh freisin, ach cibé ar bith cén scéal é, níor chorraigh sí. Ní raibh aon duine sa teach leis an bpáiste beag grámhar a chosaint ar an mbás a bhí ag triall uirthi. Níorbh eol d'aon duine í a bheith i gcontúirt ach amháin do Dhia agus do – Bhairbre.

Bhí an mháthair ag oibriú léi taobh amuigh agus gan aon chuimhneamh aici go raibh an bás chomh gar sin do leanbh a croí. Bhí sí ag casadh poirt di féin agus á chrochadh go breá, nuair a chuala sí an tuairt – tuairt mar a bheadh rud éigin ag titim ar an urlár.

'Céard é sin anois?' ar sise léi féin. 'Rud éigin a thit den bhalla, tá seans. Ní féidir gurb í Brídín a bhain leis?'

Isteach léi go deifreach. Is ar éigean nár thit an t-anam aisti le neart uafáis. Agus cérbh ionadh é? Bhí a leanbh muirneach sínte ar an teallach agus a cóitín beag ar dearglasadh sa tine!

Phreab an mháthair chuici trasna na cisteanaí, thóg ina baclainn í, is bhain di an cóta. Ní raibh ann ach gur tharrthaigh sí í. Dá bhfanfadh sí leathnóiméidín eile, bhí sí rómhall.

Bhí Brídín ina dúiseacht anois agus a dhá láimh faoi mhuineál a máthar. Bhí sí ar croitheadh le teann faitís agus, ar ndóigh, ag gol, cé nach go rómhaith a thuig sí an scéal fós. Bhí a máthair 'á múchadh le póga is á bá le deora'.

'Céard a d'éirigh dhom, a Mhama? Bhí mé ag brionglóidigh. Mhothaigh mé teas agus cheap mé go raibh mé ag dul suas, suas sa spéir, agus go raibh an ghrian do mo dhó. Céard a d'éirigh dhom?'

''Sé toil Dé é nár loisceadh mo stóirín – ní leis an ngrian, ach leis an tine. Ó, a Bhrídín, a pheata bhig do mháthar, céard a dhéanfainn dá marófaí orm thú? Céard a dhéanfadh d'athair? 'Sé Dia a dúirt liom a theacht isteach ar an nóiméad sin! – Ní mé céardós torann a chuala mé? Mura mbeadh sin ní thiocfainn isteach ar chor ar bith.'

Bhreathnaigh sí thairsti. Bhí gach rud ina áit féin ar an mbord, agus ar na ballaí, agus ar an drisiúr – ach fan! os comhair an drisiúir thug sí faoi deara an rud ar an urlár. Céard a bhí ann? Colainn bheag gan cheann – colainn bábóige.

'Bairbre a thit den drisiúr arís,' arsa an mháthair. 'Mo choinsias, 'sí a shábháil d'anam dhuit, a Bhrídín.'

'Ní titim a rinne sí ar chor ar bith!' arsa an cailín beag, 'ach is amhlaidh a chonaic sí go raibh mé i gcontúirt agus a chaith sí léim ó bharr an drisiúir le mé a shábháil. A Bhairbre bhocht, thug tú d'anam ar mo shon!'

Chuaigh sí ar a glúine, thóg corpán beag na bábóige, agus phóg go ceansa ceanúil é.

'A Mhama,' ar sise go brónach, 'ó tháinig Niamh Chinn Óir, tá faitíos orm go ndearna mé dearmad ar Bhairbre bhocht, agus gur mó an spéis a chuir mé i Niamh Chinn Óir ná intise; agus féach gurb í ba dhílse dhom ina dhiaidh sin! Agus tá sí marbh anois orm, agus ní bheidh mé in ann labhairt léi arís go brách, ná a rá léi gur fearr liom míle uair – 'sea, céad míle uair – í ná Niamh.'

'Ní marbh atá sí ar chor ar bith,' a deir an mháthair, 'ach gortaithe. Cuirfidh d'athair an ceann uirthi arís nuair a thiocfas sé isteach.'

'Dá dtitfinnse de bharr an drisiúir, a Mhama, is go gcaillfinn mo cheann, arbh fhéidir é a chur orm arís?'

'Níorbh fhéidir. Ach ní hionann tusa is Bairbre.'

'Is ionann. Tá sí marbh. Nach bhfeiceann tú nach bhfuil sí ag corraí ná ag labhairt?'

B'éigean don mháthair an méid seo a admháil.

Ní chuirfeadh aon ní ina luí ar Bhrídín nach raibh Bairbre básaithe agus nach le ise a shábháil a thug sí a hanam. Ní abróinn féin go raibh an ceart aici, ach ní abróinn nach raibh. Níl le rá agam ach an méid a dúras cheana: Cá bhfios domsa é? Cá bhfios duitse é?

Cuireadh Bairbre an tráthnóna sin ar thaobh an chnoic san áit ar chaith sise agus Brídín na laethanta fada samhraidh úd i measc na raithní is na mbláthanna. Tá méiríní ag fás ag ceann na huaighe, agus tá nóiníní is bainne bó bleachtáin go fairsing ina timpeall.

Roimh dhul a chodladh do Bhrídín an oíche sin, ghlaoigh sí anall ar a máthair.

'Meas tú, a Mhama,' ar sise, 'an bhfeicfidh mé Bairbre ar neamh?'

'B'fhéidir le Rí na Glóire go bhfeicfeá,' a deir an mháthair.

'Meas tú an bhfeicfead, a Dheaide?' ar sise lena hathair.

'Tá a fhios agam go binn go bhfeicfir,' a deir an t-athair.

Gurb é sin Eachtra agus Oidhe Bhairbre go nuige sin.

EOGHAINÍN NA N-ÉAN

I

Comhrá a tharla idir Eoghainín na nÉan agus a mháthair tráthnóna earraigh roimh dhul faoi don ghrian. An chéirseach agus an gealbhan buí a chuala é agus (de réir mar a mheasaim) a d'inis do mo chairde, na fáinleoga, é. Na fáinleoga a d'inis an scéal domsa.

'Teara uait isteach, a pheata. Tá sé ag éirí fuar.'

'Ní fhéadaim corraí go fóill beag, a mháithrín. Tá mé ag fanacht leis na fáinleoga.'

'Cé leis, a mhaicín?'

'Leis na fáinleoga. Tá mé ag ceapadh go mbeidh siad anseo anocht.'

Bhí Eoghainín in airde ar an aill mhór a bhí láimh le binn an tí, é socraithe go deas ar a mullach agus cúl bán a chinn le bun na fuinseoige a bhí á foscadh. Bhí a cheann crochta aige, agus é ag breathnú uaidh ó dheas. D'fhéach a mháthair suas air. B'fhacthas di go raibh a chuid gruaige ina hór buí san áit a raibh an ghrian ag scalladh ar a chloigeann.

'Agus cé as a bhfuil siad ag teacht, a linbh?'

'Ón Domhan Theas – an áit a mbíonn sé ina shamhradh i gcónaí. Tá mé ag fanacht leo le seachtain.'

'Ach cá bhfios duit gur anocht a thiocfas siad?'

'Níl a fhios agam, ach mé á cheapadh. Ba mhithid dóibh a bheith anseo lá ar bith feasta. Is cuimhneach liom gur cothrom an lae inniu go díreach a tháinig siad anuraidh. Bhí mé ag teacht aníos ón tobar nuair a chuala mé a gceiliúr – ceiliúr binn meidhreach mar a bheidís ag rá: "Tá muid chugat arís, a Eoghainín! Scéala chugat ón Domhan Theas!" – agus ansin d'eitil ceann acu tharam – chuimil a sciathán de mo leiceann.'

Ní cúram a rá gur chuir an chaint seo an-ionadh ar an máthair. Níor labhair Eoghainín mar sin léi riamh roimhe. B'fheasach di gur chuir sé an-suim san éanlaith agus gur iomaí uair a chaitheadh sé sa choill nó cois trá 'ag caint leo' mar a deireadh sé. Ach níor thuig sí cén fáth a mbeadh fonn chomh mór sin air na fáinleoga a fheiceáil chuige arís. D'aithin sí ar a aghaidh, chomh maith lena ghlórtha béil, go raibh sé ag síor-smaoineamh ar rud éigin a bhí ag déanamh imní dó. Agus tháinig roinnt míshuaimhnis ar an mbean chroí í féin, ní nach ionadh. 'Ar ndóigh, is aisteach an chaint ó pháiste í,' ar sise ina hintinn féin. Níor labhair sí smid os ard, áfach, ach í ag éisteacht le gach focal dá dtáinig amach as a bhéal.

'Tá mé an-uaigneach ó d'fhága siad mé sa bhfómhar,' a deir an gasúr beag arís, mar dhuine a bheadh ag caint leis féin. 'Bíonn an oiread sin acu le rá liom. Ní hionann iad agus an chéirseach nó an gealbhan buí a chaitheas bunáite a saoil cois an chlaí sa ngarraí. Bíonn scéalta iontacha le n-aithris acu i dtaobh na gcríoch a mbíonn sé ina shamhradh i gcónaí iontu, agus i dtaobh na bhfarraigí fiáine san áit a mbáitear na loingis agus i dtaobh na gcathracha aolgheala a mbíonn na ríthe ina gcónaí iontu. Is fada fada an bealach é ón Domhan Theas go dtí an tír seo: feiceann siad chuile rud ag teacht dóibh is ní dhéanann siad dearmad ar thada. Is fada liom uaim iad.'

'Tar isteach, a ghrá ghil, is téir a chodladh. Préachfar leis an bhfuacht thú má fhanair amuigh i bhfad eile.'

'Gabhfaidh mé isteach ar ball beag, a mháithrín. Níor mhaith liom iad a theacht agus gan mé anseo le fáilte a chur rompu. Bheadh ionadh orthu.'

Chonaic an mháthair nach raibh aon mhaith a bheith leis. Chuaigh sí isteach go buartha. Ghlan sí an bord is na cathaoireacha. Nigh sí na scálaí is na miasa. Rug sí ar an scuab agus scuab sí an t-urlár. Scól sí an túlán is na corcáin. Dheasaigh sí an lampa agus chroch ar an mballa é. Chuir sí tuilleadh móna ar an tine. Rinne sí céad rud eile nár ghá di a dhéanamh. Ansin shuigh sí os comhair na tine ag smaoineamh di féin.

Tháinig píobaire na gríosaí amach agus thosaigh ar a phort

croíúil. D'fhan an mháthair cois teallaigh ag smaoineamh. D'fhan an gasúr beag ar a shuíochán aerach ag faire. Tháinig na ba abhaile ón gcoimín. Ghlaoigh an chearc chuici ar a héiníní. Chuaigh an lon dubh is an dreoilín is miondaoine eile na coille a chodladh. Coisceadh ar dhordán na gcuileog is ar mhéileach na n-uan. D'ísligh an ghrian go mall go raibh sí in aice le bun na spéire, go raibh sí go díreach ar bhun na spéire, go raibh sí faoi bhun na spéire. Shéid gála fuar anoir. Leath an dorchadas ar an talamh. Faoi dheireadh tháinig Eoghainín isteach.

'Is baolach nach dtiocfaidh siad anocht,' ar seisean. 'B'fhéidir le Dia go dtiocfaidís amárach.'

Tháinig an mhaidin lá arna mhárach. Bhí Eoghainín ina shuí go moch agus é ag faire amach ó mhullach na haille. Tháinig an meán lae. Tháinig an deireadh lae. Tháinig an oíche. Ach, mo léan! níor tháinig na fáinleoga.

'B'fhéidir go bhfeicfimis chugainn amárach iad,' arsa Eoghainín agus é ag teacht isteach go brónach an oíche sin.

Ach ní fhacadar. Ná ní fhacadar chucu iad an lá ina dhiaidh sin ná an lá ina dhiaidh sin arís. Agus 'séard a deireadh Eoghainín gach oíche ag teacht isteach dó:

'B'fhéidir go mbeadh siad chugainn amárach.'

II

Tháinig tráthnóna aoibhinn i ndeireadh an Aibreáin. Bhí an t-aer glan fionnuar tar éis múir bháistí. Bhí solas iontach sa domhan thiar. Bhí séis cheoil ag an éanlaith sa choill. Bhí duan á chanadh ag na tonnta ar an trá. Ach bhí uaigneas ar chroí an mhalraigh agus é ag fanacht leis na fáinleoga.

Cluineadh go tobann glór nár cluineadh san áit sin le tuilleadh agus leathbhliain. Glór beag bídeach. Glór fann fíorbhinn. Ceiliúr mear meidhreach, agus é neamhchosúil le haon cheiliúr eile dá dtagann ó ghob éin. Le luas lasrach thiomáin toirt bheag dhubh aneas. Í ag eitilt go hard san aer. Dhá sciathán leathana láidre uirthi. Déanamh gabhláin ar a heireaball. Í ag gearradh na slí roimpi mar shaighead a chaithfí as bogha. D'ísligh sí go tobann, thiontaigh sí, d'éirigh arís, d'ísligh is thiontaigh arís. Ansin rinne sí caol díreach ar Eoghainín, í ag labhairt in ard a gutha, gur luigh is gur neadaigh sí i mbrollach an ghasúirín tar éis a taistil fhada ón Domhan Theas.

'Ó! mo ghrá thú, mo ghrá thú!' arsa Eoghainín, á tógáil ina dhá láimh is á pógadh ar an gcloiginnín dubh. 'Sé do bheatha chugam ó na críocha coimhthíocha! An bhfuil tú tuirseach tar éis d'aistir uaignigh thar tailte agus thar farraigí? Óra, mo mhíle míle grá thú, a theachtaire bhig álainn ón tír ina mbíonn sé ina shamhradh i gcónaí! Cá bhfuil do chompánaigh uait? Nó céard a d'éirigh dhaoibh ar an mbóthar nó ce nach dtáinig sibh roimhe seo?'

A fhad is a bhí sé ag labhairt mar seo leis an bhfáinleog, á pógadh arís is arís eile agus ag cuimilt a láimhe go grámhar dá sciatháin dhúghorma, dá scornach bheag dhearg, agus dá brollach geal cluthar, sheol éinín eile aneas agus thuirling ina n-aice. D'éirigh an dá éan san aer ansin, agus is é an chéad áit eile ar luigh siad ina nead bheag féin a bhí folaithe san eidheann a bhí ag fás go tiubh ar bhallaí an tí.

'Tá siad ar fáil sa deireadh, a mháithrín!' arsa Eoghainín, agus é ag rith isteach go lúcháireach. 'Tá na fáinleoga ar fáil sa deireadh! Tháinig péire anocht – an péire a bhfuil a nead os cionn m'fhuinneoigese. Beidh an chuid eile chugainn amárach.'

Chrom an mháthair agus theann sí léi é. Ansin chuir sí paidir chun Dé os íseal, ag gabháil buíochais leis as ucht na fáinleoga a sheoladh chucu. An lasair a bhí i súile an mhalraigh, chuirfeadh sí aoibhneas ar chroí máthar ar bith.

Ba shámh é codladh Eoghainín an oíche sin.

Tháinig na fáinleoga i ndiaidh a chéile anois – ina gceann is ina gceann ar dtús, ina bpéire is ina bpéire ansin, agus faoi dheireadh ina scataí beaga. Nach orthu a bhí an t-áthas nuair a chonaic siad an tseanáit arís! An choill bheag agus an sruthlán ag gluaiseacht tríthi; an trá gheal ghainmheach; na fuinseoga a bhí in aice an tí; an teach féin agus na sean-neadacha go díreach mar a d'fhágadar iad leathbhliain roimhe sin. Ní raibh athrú ar dhada ach amháin ar an mbuachaill beag. Bhí seisean níos ciúine agus níos míne ná a bhíodh. Ba mhinice ina shuí é ná ag rith leis féin ar fud na ngarraithe mar ba ghnách leis roimhe sin. Níor cluineadh ag gáirí ná ag gabháil fhoinn é chomh minic is a chluintí. Má thug na fáinleoga an méid seo faoi deara, agus ní abróinn nár thug, is cinnte go raibh brón orthu faoi.

Chuaigh an samhradh thart. B'annamh a chorraíodh Eoghainín amach ar an tsráid, ach é ina shuí go sásta ar mhullach na haille ag féachaint ar na fáinleoga agus ag éisteacht lena gceiliúr. Chaitheadh sé na huaireanta mar seo. Ba mhinic ann é ó mhoch na maidine gur tháinig an 'tráthnóna gréine buí'; agus ag dul isteach dó gach oíche bhíodh an-chuimse scéalta – scéalta áille iontacha – aige le hinsint dá mháthair. Nuair a cheistíodh sise é faoi na scéalta seo, deireadh sé i gcónaí léi gur ó na fáinleoga a d'fhaigheadh sé iad.

III

Bheannaigh an sagart isteach tráthnóna.

'Cén chaoi a bhfuil Eoghainín na nÉan an aimsir seo, a Eibhlín?' ar seisean. ('Eoghainín na nÉan' a bhí mar ainm ag na malraigh eile air i ngeall ar an gcion a bhí aige don éanlaith.)

'Muise, a Athair, ní raibh sé chomh maith le fada an lá is atá sé ó tháinig an samhradh. Tá luisne ina leiceann nach bhfaca mé ann riamh roimhe.'

Bhreathnaigh an sagart go géar uirthi. Thug seisean an luisne sin faoi deara le tamall, ach má thug, níor mheall sí é. Thug daoine eile faoi deara freisin í, agus, má thug, níor mheall sí iad. Ach ba léir gur mheall sí an mháthair. Bhí deora i súile an tsagairt, ach bhí Eibhlín ag fadú na tine is ní fhaca sí iad. Bhí tocht ina ghlór nuair a labhair sé arís, ach níor thug an mháthair faoi deara é.

'Cá bhfuil Eoghainín anois, a Eibhlín?'

'Tá sé ina shuí ar an aill amuigh "ag caint leis na fáinleoga", mar a deireann sé féin. Is iontach an cion atá aige do na héiníní sin. An bhfuil a fhios agat, a Athair, céard a dúirt sé liom an lá cheana?'

'Níl a fhios, a Eibhlín.'

'Bhí sé á rá gur gearr anois go mbeidh na fáinleoga ag imeacht uainn arís, agus ar seisean liom go tobann: "Céard a dhéanfá, a mháithrín," ar seisean, "dá n-éalóinnse uait leis na fáinleoga?" '

'Agus céard a dúirt tusa, a Eibhlín?'

'Dúirt mé leis scuabadh leis amach agus gan a bheith do mo bhodhrú. Ach táim ag cuimhniú riamh ó shin ar an rud a dúirt sé agus tá sé ag déanamh buartha dhom. Nárbh aisteach an smaoineamh dhó é, a Athair – é a imeacht leis na fáinleoga?'

'Is iomaí smaoineamh aisteach a thagas isteach i gcroí páiste,' arsa an sagart. Agus thug sé an doras amach air féin gan focal eile a rá.

'Ag brionglóidigh mar is gnách leat, a Eoghainín?'

'Ní hea, a Athair. Tá mé ag caint leis na fáinleoga.'

'Ag caint leo?'

''Sea, a Athair. Bímid ag caint le chéile i gcónaí.'

'Agus cogar. Céard a bhíos sibh a rá le chéile?'

'Bímid ag caint ar na críocha i bhfad uainn a mbíonn sé ina shamhradh i gcónaí iontu, agus ar na farraigí fiáine san áit a mbáitear na loingis, agus ar na cathracha aolgheala a gcónaíonn na ríthe iontu.'

Tháinig ionadh a chroí ar an sagart mar a tháinig ar an máthair roimhe sin.

'Tusa a bhíos ag cur síos ar na nithe seo agus iadsan ag éisteacht leat, is cosúil?'

'Ní mé, a Athair. Iadsan is mó a bhíos ag caint agus mise ag éisteacht leo.'

'Agus an dtuigeann tú a gcuid cainte, a Eoghainín?'

'Tuigim, a Athair. Nach dtuigeann tusa í?'

'Ní go rómhaith a thuigim í. Déan áit dom ar an aill ansin agus suífidh mé tamall go míní tú dhom céard a bhíos siad a rá.'

Suas leis an sagart ar an aill agus shuigh le hais an ghasúirín. Chuir sé a lámh faoina mhuineál is thosaigh ag baint cainte as.

'Mínigh dhom céard a bhíos na fáinleoga a rá leat, a Eoghainín.'

'Is iomaí rud a bhíos siad a rá liom. Is iomaí scéal breá a insíos siad dom. An bhfaca tú an t-éinín sin a chuaigh thart anois díreach, a Athair?'

'Chonaiceas.'

'Sin í an scéalaí is cliste orthu ar fad. Tá a nead sin faoin eidheann atá ag fás os cionn fuinneoige mo sheomrasa. Agus tá nead eile aici sa Domhan Theas – aici féin is ag a céile.'

'An bhfuil, a Eoghainín?'

'Tá – nead bheag álainn eile na mílte is na mílte míle as seo. Nach aisteach an scéal é, a Athair? – a rá go bhfuil dhá theach ag an bhfáinleoigín agus gan againne ach aon teach amháin?'

'Is aisteach go deimhin. Agus cén sórt tír ina bhfuil an teach eile seo aici?'

'Nuair a dhúnaim mo shúile feicim tír uaigneach áibhéil. Feicim anois í, a Athair! Tír iontach uafar. Níl sliabh ná cnoc ná gleann inti, ach í ina machaire mór réidh gainmheach. Níl coill ná féar ná fás inti, ach an talamh chomh lom le croí do bhoise. Gaineamh ar fad. Gaineamh faoi do chosa. Gaineamh ar gach taobh dhíot. An ghrian ag spalpadh os do chionn. Gan néal ar bith le feiceáil sa spéir. É go han-te. Anseo is ansiúd tá ball beag féarach mar a bheadh oileáinín i lár farraige. Cúpla crann ard ag fás ar gach ball acu. Foscadh ó ghaoth agus ó ghrian acu. Feicim ar oileán de na hoileáin seo aill ard. Aill mhór mhillteach. Tá scoilteadh san aill, agus sa scoilteadh tá nead fáinleoigín. Sin í nead m'fháinleoigínse.'

'Cé a d'inis an méid seo dhuit, a Eoghainín?'

'An fháinleog. Caitheann sí leath a saoil sa tír sin, í féin is a céile. Nach aoibhinn an saol atá acu ar an oileáinín uaigneach údan i lár na díthreibhe! Ní bhíonn fuacht ná fliche ann, sioc ná sneachta, ach é ina shamhradh i gcónaí... Agus ina dhiaidh sin, a Athair, ní dhéanann siad dearmad ar a nead bheag eile anseo in Éirinn, ná ar an gcoill, ná ar an sruthán, ná ar na fuinseoga, ná ormsa, ná ar mo mháthair. Gach bliain san earrach cloiseann siad mar a bheadh cogarnaíl ina gcluais á rá leo go bhfuil na coillte faoi dhuilliúr in Éirinn, is go bhfuil an ghrian ag dealramh ar na bánta, is go bhfuil na huain ag méiligh, is go bhfuilimse ag fanacht leosan. Agus fágann siad slán ag a n-áras sa tír choimhthíoch is imíonn siad rompu is ní dhéanann siad stad ná cónaí go bhfeiceann siad barr na bhfuinseog uathu agus go gcluineann siad glór na habhann is méileach na n-uan.'

Bhí an sagart ag éisteacht go haireach.

'Ó! – agus nach iontach an t-aistear acu é ón Domhan Theas! Fágann siad an machaire mór gainimhe ina ndiaidh agus na sléibhte arda maola atá ar a imeall agus imíonn siad rompu go dtagann siad go dtí an mhuir mhór. Amach leo thar an muir ag eitilt i gcónaí i gcónaí gan tuirse gan traochadh. Feiceann siad síos uathu na tonntracha treathanmhóra, agus na loingis ag treabhadh na díleann, agus na seolta bána, agus faoileáin agus cailleacha dubha na farraige, agus iontais eile nach bhféadfainn cuimhniú orthu. Agus scaití éiríonn gaoth agus gála is feiceann siad na longa á mbá is na tonntracha ag éirí i mullach a chéile; agus bíonn siad féin, na créatúir, á dtuargaint leis an ngaoth agus á ndalladh leis an mbáisteach agus leis an sáile nó go mbaineann siad amach an tír faoi dheireadh. Tamall dóibh ansin ag imeacht rompu agus iad ag féachaint ar pháirceanna féarmhara is ar choillte barrghlasa is ar chruacha ceannarda is ar locha leathana is ar aibhneacha áille is ar chathracha breátha mar a bheadh i bpictiúir iontacha agus iad ag breathnú orthu síos uathu. Feiceann siad daoine ag obair. Cluineann siad beithígh ag géimnigh, agus páistí ag gáirí, agus cloig á mbualadh. Ach ní stadann siad ach ag síorimeacht nó go dtagann siad go bruach na mara arís, agus ní sos dóibh ansin go mbuaileann siad tír na hÉireann.'

Lean Eoghainín air ag labhairt mar seo ar feadh i bhfad, an sagart ag éisteacht le gach focal dá ndúirt sé. Bhíodar ag seanchas nó gur thit an dorchadas agus gur ghlaoigh an mháthair isteach ar Eoghainín. Chuaigh an sagart abhaile ag machnamh dó féin.

IV

D'imigh an Lúnasa agus an Meán Fómhair. Bhí an Deireadh Fómhair leathchaite. De réir mar a bhí na laethanta ag dul i ngiorracht bhí Eoghainín ag éirí ní ba bhrónaí. B'annamh a labhraíodh sé lena mháthair anois, ach gach oíche roimh dhul a chodladh dó phógadh sé go dil agus go díochrach í agus deireadh sé:

'Glaoigh orm go moch ar maidin, a mháithrín. Is beag an spás atá agam anois. Beidh siad ag imeacht gan mórán moille.'

Ghealaigh lá álainn i lár na míosa. Go luath ar maidin thug Eoghainín faoi deara go raibh na fáinleoga ag cruinniú le chéile ar bharr an tí. Níor chorraigh sé óna shuíochán ar feadh an lae sin. Ag teacht isteach dó tráthnóna, ar seisean lena mháthair:

'Beidh siad ag imeacht amárach.'

'Cá bhfios duit, a ghrá ghil?'

'Dúirt siad liom inniu é. ... A mháithrín,' ar seisean arís, tar éis scaithimh dó ina thost.

'Céard é féin, a leanbhín?'

'Ní fhéadfaidh mé fanacht anseo nuair a bhéas siad imithe. Caithfidh mé imeacht in éindí leo... go dtí an tír ina mbíonn sé ina shamhradh i gcónaí. Ní bheifeá uaigneach dá n-imeoinn?'

'Ó! a stór, a mhíle stór thú, ná labhair mar sin liom!' arsa an mháthair ag breith air agus á fháscadh lena croí. 'Níl tú le éaló uaim! Ar ndóigh, ní fhágfá do mháithrín agus imeacht i ndiaidh na bhfáinleog?'

Ní dúirt Eoghainín focal ach í a phógadh arís is arís.

Ghealaigh lá eile. Bhí an buachaillín beag ina shuí go moch. Ó thús lae bhí na céadta fáinleog bailithe le chéile ar mhullach an tí. Ó am go ham d'imíodh ceann nó péire acu agus d'fhilleadh arís, mar a bheidís ag breathnú ar an aimsir. Faoi dheireadh d'imigh péire is níor fhill siad. D'imigh péire eile. D'imigh an tríú péire. Bhí siad ag imeacht i ndiaidh a chéile ansin go dtí nár fhan ach aon scata beag amháin ar stuaic an tí. Bhí an péire a tháinig ar dtús an tráthnóna earraigh úd sé mhí roimhe sin ar an scata beag seo. Is cosúil go raibh leisce orthu an áit a fhágáil.

Bhí Eoghainín á bhfaire ón aill. Bhí a mháthair ina seasamh lena ais.

D'éirigh an scata beag éiníní san aer agus thugadar aghaidh ar an Domhan Theas. Ag imeacht dóibh thar bharr na coille d'fhill péire ar ais – an péire a raibh a nead os cionn na fuinneoige. Anuas leo ón spéir ag déanamh ar Eoghainín. Thart leo ansin, iad ag eitilt in aice leis an talamh. Chuimil a sciatháin de ghrua an ghasúirín agus iad ag scuabadh leo thairis. Suas leo san aer arís, iad ag labhairt go brónach, agus as go brách leo i ndiaidh na coda eile.

'A mháthair,' arsa Eoghainín, 'tá siad ag glaoch orm. "Teara uait go dtí an tír a mbíonn an ghrian ag soilsiú i gcónaí ann – teara uait, a Eoghainín, thar na farraigí fraochta go dtí tír an tsolais – teara uait, a Eoghainín na nÉan!" Ní fhéadaim iad a eiteach. Beannacht agat, a mháithrín – mo mhíle míle beannacht agat, a mháithrín mo chroí. Táim ag imeacht uait… thar na farraigí fraochta… go dtí an tír ina mbíonn sé ina shamhradh i gcónaí.'

Lig sé a cheann siar ar ghualainn a mháthar agus chuir sé osna as. Cluineadh gol mná san áit uaigneach úd – gol máthar ag caoineadh a páiste. Bhí Eoghainín imithe i bhfochair na bhfáinleog.

Chuaigh an fómhar is an geimhreadh thart agus bhí an t-earrach ar fáil arís. Bhí na coillte faoi dhuilliúr, is na huain ag méiligh, is an ghrian ag dealramh ar na bánta. Tráthnóna glórmhar san Aibreán tháinig na fáinleoga. Bhí solas iontach ag bun na spéire san iarthar mar a bhí bliain an taca sin. Bhí séis cheoil ag an éanlaith sa choill. Bhí duan á chanadh ag na tonnta ar an trá. Ach ní raibh aon ghasúirín fionnbhán ina shuí ar mhullach na haille faoi scáth na bhfuinseog. Istigh sa teach bhí bean aonraic ag caí cois tine.

'... Is a mhaicín mhuirnigh,' ar sise, 'feicim na fáinleoga chugam arís, ach ní fheicfidh mé tusa chugam go deo.'

Chuala na fáinleoga í agus iad ag dul thar an doras. Níl a fhios agam an gcuala Eoghainín í, mar bhí sé na mílte míle i gcéin... sa tír ina mbíonn sé ina shamhradh i gcónaí.

AN MHÁTHAIR

Bhí comhluadar ban ag sníomh bréidín tigh Bhairbre an Droichid oíche airneáin. Ba cheol leat a bheith ag éisteacht leo agus a nglórtha ag déanamh comhbhinnis le dordán na dtuirní, mar a bhíos glór an tseamsúir le crónán na ndos.

Cluineadh an scread. An naíonán a labhair trína chodladh.

'Drochrud a ghabh thar an doras,' arsa Bairbre. 'Éirigh, a Mháire, agus bog an cliabhán.'

D'éirigh an bhean ar labhraíodh léi. Bhí sí ina suí ar an urlár go dtí sin ag cardáil. Chuaigh sí anonn go dtí an cliabhán. Bhí an naíonán ina lándúiseacht roimpi agus é ag caoineachán go truamhéalach. D'ísligh Máire ar a glúine le hais an chliabháin. Chomh luath agus a chonaic an leanbh a haghaidh, stad sé den chaoineachán. Aghaidh fhada fhíorghreanta a bhí uirthi, mala mhín leathan, gruaig dhubh agus í casta ina triopaill fhada faoina ceann, agus dhá shúil ghlasa aici a dhearcfadh go mall maorga agus go buartha brónach ort. Bhí sé de bhua ag Máire go gceansaítí leanbh crosta nó go gcodlaíodh leanbh breoite le féachaint ar an aghaidh mhín mhánla úd aici agus ar na súile glasa grámhara úd aici.

Thosaigh Máire ag gabháil Chrónán na Banaltra de ghlór íseal. Stad na mná eile den chomhrá ionas go n-éistfidís léi. Ba ghearr go raibh an naíonán ina thoirchim suain. D'éirigh Máire agus chuaigh ar ais go dtí an áit ina raibh sí ina suí cheana. Thosaigh uirthi ag cardáil arís.

'Go raibh maith agat, a Mháire', arsa Bairbre. 'Níl iontas ar bith ach an chaoi a bhfuil tú in ann na páistí a chur a chodladh. Cé gur liom féin an t-oidhre óg sin, bheinn uair an chloig leis sula gcodlódh sé dhom.'

'Tá draíocht ag Máire,' arsa bean eile.

'Is geall le ceoltóirí Mheidhbhe í a chuireadh slua fear a chodladh nuair a ghabhaidís a suantraí,' a deir Sean-Úna Ní Ghriallais.

'Nach breá uaithi Crónán na Banaltra a rá?' arsa an dara bean.

'M'anam go gceapfá gurb í an Mhaighdean féin a bheadh á rá,' arsa Sean-Úna.

'Meas tú an fíor, a Úna, gurb í an Mhaighdean Bheannaithe (moladh go deo léi) a rinne an ceol sin?' arsa Bairbre.

'Tá a fhios agam gur fíor. Nach leis an gcrónán sin a chuireadh sí Mac Dé (míle glóir lena ainm) a chodladh nuair a bhí sé ina naíonán?'

'Agus cén chaoi a mbeadh sé ag na daoine anois, mar sin?' arsa Bairbre.

'A theacht anuas ó shinsear go sinsear, is dóigh, mar a tháinig na scéalta Fiannaíochta,' a deir bean de na mná.

'Ní hea, a mh'anam,' arsa Sean-Úna. 'Na daoine a chuala an ceol ó bhéal na Maighdine féin anseo sa taobh tíre seo ní i bhfad ó shin.'

'Ach cén chaoi a bhféadfadh siad é a chloisteáil?'

'Nach bhfuil a fhios ag an saol go dtéann an Mhaighdean ghlórmhar thart timpeall na mbailte chuile Oíche Nollag, í féin agus a Leanbh?'

'Chuala mé na daoine a rá go dtéann.'

'Agus nach bhfuil a fhios agat, má fhágtar an doras ar oscailt agus coinneal ar lasadh sa bhfuinneog, go dtiocfaidh an Mhaighdean agus a Leanbh isteach sa teach agus go suífidh siad lena scíth a ligean?'

'M'anam go gcuala mé é sin freisin.'

'Bean i nDúiche Sheoighe a d'fhan ina suí Oíche Nollag leis an Maighdean a fheiceáil a chuala an ceol uaithi den chéad uair agus a mhúin don tír é. Is minic a chuala mé iomrá fúithi nuair a bhí mé i mo ghearrchaile. Máire na Maighdine a thugtaí uirthi. Deirtear gur minic a chonaic sí an Mhaighdean ghlórmhar. Cailleadh i dTeach na mBocht in Uachtar Ard í cúpla bliain sular pósadh mise. Beannacht Dé le hanamacha na marbh.'

'Áiméan, a Thiarna,' a deir na mná eile. Ach níor labhair Máire. Bhí sí agus a dhá súil mhóra ghlasa ag dul, mar a déarfá, trí éadan Shean-Úna, agus í ag insint an scéil. Labhair sí tar éis tamaill.

'An bhfuil tú cinnte, a Úna, go dtagann an Mhaighdean agus a Leanbh isteach sna tithe Oíche Nollag?' ar sise.

'Chomh cinnte is atá mé beo.'

'An bhfaca tusa riamh í?'

'Ní fhacas, a mhainín. Ach an Oíche Nollag tar éis ar pósadh mé, d'fhan mé i mo shuí le í a fheiceáil, dá ngeallfaí dhom é. Thit néal codlata orm. Dhúisigh torann eicínt mé agus ar oscailt mo shúl dom b'fhacthas dom go bhfaca mé mar a bheadh bean óg agus naíonán ina hucht ag gluaiseacht amach an doras.'

Níor labhair aon duine ar feadh i bhfad. Níor cluineadh sa teach ach dordán na dtuirní agus pléascadh na tine agus ceiliúr na gcriogar. D'éirigh Máire.

'Beidh mé ag giorrú an bhóthair,' ar sise. 'Go dtuga Dia oíche mhaith dhaoibh, a mhná.'

'Go luathaí Dia leat, a Mháire,' d'fhreagradarsan le chéile. Thug sí an doras amach uirthi féin.

Bhí mar a bheadh caor thine i gcroí na mná sin agus í ag dul an bóthar abhaile faoi dhorchadas na hoíche. Mórmhian a hanama a bhí á creachadh agus á loscadh le fada .i. mian clainne. Bhí sí pósta le ceithre bliana, ach ní raibh aon chlann aici. Is minic a chaitheadh sí na huaireanta ar a glúine ag guí Dé leanbh a chur chuici. Is minic a d'éiríodh sí den leaba de shiúl oíche agus dul ar a dhá glúin nochta ar an leac fhuar chrua ag déanamh na hachainí céanna. Is iomaí pionós a chuireadh sí uirthi féin le súil go mbogfadh crá a colainne croí Dé. Is minic, nuair a bhíodh a fear as baile, a théadh sí a chodladh gan dinnéar gan suipéar. Uair nó dhó, nuair a bhí a fear ina chodladh, d'fhág sí an leaba agus chuaigh amach agus sheas scaitheamh fada faoi dhrúcht na hoíche ag cur a himpí go huaigneach chun na spéartha dorcha. Uair amháin bhain sí fuil as a slinneáin le buillí a thug sí di féin le lasc. Uair eile sháigh sí dealga isteach ina feoil i gcuimhne ar an gcoróin spíonta a chuaigh ar mhala an tSlánaitheora. Bhí na pionóis agus an crá croí ag goilliúint ar a sláinte. Níor thuig aon duine céard a bhí uirthi. Níor thuig a fear féin, fear macánta modhúil, an scéal i gceart, cé gur minic a chluineadh sé san oíche í ag caint léi féin mar a bheadh máthair ag caint le leanbh nuair a mhothódh sí a lámh nó a bhéal lena cíoch. Faraor géar, is iomaí bean a fháisceas lena croí agus a labhraíos go híseal i gciúintráth na hoíche le leanbh nár rugadh is nach mbéarfar.

B'fhada le Máire go dtáinig Oíche Nollag. Ach mar a théas caitheamh i ngach ní, chuaigh caitheamh sa chairde aimsire sin. B'fhada léi lá Oíche Nollag go dtáinig an deireadh lae. Scuab sí urlár an tí agus ghlan sí na cathaoireacha agus d'fhadaigh sí tine théagartha roimh dhul a chodladh di. D'fhág sí an doras ar oscailt agus leag sí coinneal fhada gheal san fhuinneog. Nuair a shín sí le hais a fir, níor chun codlata é, ach chun faire. B'fhada léi gur chodail a fear. D'airigh sí faoi dheireadh ar a chiúine is a bhí sé ag tarraingt a anála go raibh sé ina chodladh. Ansin d'éirigh sí, chuir uimpi a gúna, agus théaltaigh amach go dtí an chistin. Ní raibh aon duine roimpi. Ní raibh fiú na luiche ag corraí sa teach. Bhí na criogair féin ina gcodladh. Bhí an tine ina gríosach dhearg. Bhí an choinneal ag lonrú go soilseach. Chrom sí ar a glúine i ndoras an tseomra. Ba bhinn léi ciúnas an tí sa mheán oíche, cé go mb'uafar. Tháinig ardú aigne uirthi mar a thigeadh uaireanta sa séipéal agus í ar tí Corp Chríost a ghlacadh ó lámha an tsagairt. Thuig sí ar mhodh éigin nárbh fhada uaithi an Mhórgacht Dhofheicthe agus gur ghearr go gcluinfeadh sí a coiscéim. D'éist sí go foighneach. Bhí an teach féin, dar léi, agus a raibh ann idir bheo agus neamhbheo, ag éisteacht freisin. Bhí na cnoic ag éisteacht agus clocha na talún agus reanna réaltanacha na spéire.

Chuala sí an fhuaim. Coiscéim ar leac an dorais. Chonaic sí bean óg ag teacht isteach agus Leanbh fáiscthe lena hucht aici. Dhruid an bhean óg aníos chun na tine. Shuigh sí ar an gcathaoir. Thosaigh sí ag crónán os íseal dá Leanbh. D'aithin Máire an ceol. Is é an ceol a bhí ann Crónán na Banaltra.

Tamall dóibh mar sin. An bhean ag fáscadh a Linbh lena hucht agus ag crónán go fíorbhinn, go fíorbhog. Máire ar a dhá glúin faoi scáth an dorais. Ní raibh inti labhairt ná corraí. Is ar éigean a bhí inti a hanáil a tharraingt.

Sa deireadh d'éirigh an bhean. Is ansin a d'éirigh Máire. Chuaigh sí anonn chun na mná.

'A Mhuire,' ar sise de ghlór an-íseal.

Thiontaigh an bhean a haghaidh uirthi. Aghaidh álainn mhaorga ab ea í.

'A Mhuire,' a deir Máire arís, 'impí agam ort.'

'Abair,' arsa an bhean eile.

'Leanbh ag ól bainne mo chíche,' arsa Máire. 'Ná diúltaigh mé, a Mhuire.'

'Druid liom níos gaire,' a deir an bhean eile.

Dhruid Máire léi. D'ardaigh an bhean eile a Leanbh féin. Shín an Leanbh a dhá láimh bheaga amach agus leag lámh go mín ar gach leaca de dhá leaca Mháire.

'Déanfaidh an bheannacht sin torthach thú,' a deir an Mháthair.

'Is maith an bhean thú, a Mhuire,' arsa Máire. 'Is maith é do Mhac.'

'Fágaim beannacht sa teach seo,' arsa an bhean eile.

D'fháisc sí a Leanbh lena hucht arís agus ghabh an doras amach. Chuaigh Máire ar a glúine.

Tá bliain caite ón Oíche Nollag sin. An uair dheiridh a ghabhas thar theach Mháire, bhí leanbh ina hucht. Bhí an fhéachaint úd uirthi nach mbíonn ar aon duine ach ar mháthair nuair a mhothaíos sí béal a céadmhic lena cíoch.

'Is fearr le Dia na mná ná na fir,' a dúras liom féin. 'Is chucusan a chuireas sé na bróin is mó agus is orthusan a bhronnas sé an t-aoibhneas is mó.'

AN DEARGADAOL

Fear siúil as Dúiche Sheoighe a tháinig isteach i dteach m'athar a d'inis an scéal seo dúinn cois teallaigh oíche gharbh gheimhridh. Bhí an ghaoth ag caoineadh thart timpeall an tí, ar nós mná ag caoineadh marbh, le linn labhartha dó, agus níodh sé a ghlór a ardú nó a ísliú de réir mar a d'ardaíodh nó mar a d'íslíodh glór na gaoithe. Fear ard a bhí ann, súile fiáine aige, agus a chuid éadaigh beagnach ina mbalcaisí. Bhí saghas eagla orm roimhe nuair a tháinig sé isteach, agus níor lúide m'eagla a scéal.

'Na trí feithidí is beannaithe ar an domhan,' arsa an fear siúil, 'an chadóg, an spideoigín agus bó Dé. Agus na trí feithidí is mallaithe ar an domhan, an nathair nimhe, an dreoilín agus an deargadaol. Agus 'sé an deargadaol an fheithide is mallaithe acu. Is agamsa atá a fhios sin. Dá maródh fear do mhac, a bhean an tí, ná tabhair deargadaol mar ainm air. Dá dtiocfadh bean idir thú féin agus do chéile leapan, ná cuir i gcomórtas leis an deargadaol í.'

'Go sábhála Dia sinn,' a deir mo mháthair.

'Áiméan, a Thiarna,' arsa an fear siúil.

Níor labhair sé arís go ceann scaithimh. D'éisteamar ar fad, mar bhí a fhios againn go raibh sé chun scéal a insint. Ba ghearr gur thosaigh sé.

'Nuair a bhí mise i mo scorach,' arsa an fear siúil, 'bhí bean ar an bpobal se'againne a raibh faitíos ar chuile dhuine roimpi. I mbothán uaigneach i mám sléibhe a bhí cónaí uirthi. Ní ghabhadh aon duine i bhfoisceacht dá teach. Ní thagadh sí féin i ngar do theach duine ar bith eile. Ní labhraítí léi nuair a chastaí do dhuine ar an mbóthar í. Ní chuireadh sise focal ná fáirnéis ar dhuine ar bith. Ba thrua leat an créatúr a fheiceáil agus í ag gabháil an bhóthair ina haonar.

'"Cé hí siúd," a deirinnse le mo mháthair, "nó tuige nach labhraítear léi?"

'"Éist, a ghiolla," a deireadh mo mháthair liom. "Sin í an

Deargadaol. Is bean mhallaithe í."

"'Céard a rinne sí, nó cé a chuir an mhallacht uirthi?" a deirinnse.

"'Sagart Dé a chuir an mhallacht uirthi," a deireadh mo mháthair. "Níl a fhios ag duine ar bith céard a rinne sí."

'Agus sin a bhfuaireas d'eolas ina taobh go rabhas i mo stócach fásta. Agus go deimhin daoibh, a chomharsana, níor chuala mé ina taobh riamh ach go ndearna sí peaca náireach eicínt i dtús a saoil agus gur chuir an sagart a mhallacht uirthi os comhair an phobail i ngeall ar an bpeaca sin. Domhnach amháin dá raibh an pobal cruinn ag an Aifreann, d'iontaigh an sagart thart orthu, agus ar seisean:

"'Tá bean anseo," ar seisean, "a thuillfeas damnú síoraí di féin agus do chuile dhuine a dhéanfas caidreamh léi. Agus adeirimse leis an mbean sin," ar seisean, "gur bean mhallaithe í, agus adeirimse libhse gan caidreamh ná comharsanacht a bheith agaibh leis an mbean sin ach an oiread is a bheadh le deargadaol. Éirigh romhat anois, a Dheargadaoil," ar seisean, "agus seachain comhluadar deadhaoine feasta."

'D'éirigh an bhean bhocht agus thug sí doras an tséipéil amach uirthi féin. Ní raibh d'ainm uirthi ó shin ach an Deargadaol. Ligeadh a hainm is a sloinne féin as cuimhne. Deirtí go raibh súil fhiata aici. Dá mbreathnaíodh sí ar ghamhain nó ar chaora nár léi, gheobhadh an beithíoch bás. Bhí faitíos ar na mná a gcuid páistí a ligean amach ar an tsráid dá mbeadh an Deargadaol ag siúl an bhealaigh.

'Phós mise cailín dóighiúil nuair a bhí mé in aois mo bhliana is fiche. Bhí gasúr beag de ghearrchaile againn agus súil againn le leanbh eile. Lá amháin dá raibh mé ag baint mhóna sa bportach, bhí mo bhean ag beathú na héanlaithe ar an tsráid nuair a chonaic sí – Dia idir sinn agus an anachain – an Deargadaol ag déanamh uirthi aníos an bóithrín agus an pataire beag ina hucht aici. Bhí lámh na girsí timpeall muineáil na mná, agus a seál-sa á folach. Níor fhan caint ag mo bheansa.

'Leag an Deargadaol an cailín beag in ucht a máthar. Thug mo bheansa faoi deara go raibh a cuid éadaigh fliuch.

"'Céard a d'éirigh don leanbh?" ar sise.

"'Titim isteach i Lochán na Luachra a rinne sí," a deir an Deargadaol. "Ar thóir bileogaí báite a bhí sí. Bhí mé ag dul thart ar an mbóthar agus chuala mé a scread. Isteach thar claí liom. Ní raibh ann ach gur rug mé uirthi ar éigean."

"'Go gcúití Dia thú," arsa mo bhean. D'imigh an bhean eile sula raibh am aici níos mó a rá. Thug mo bhean an ruidín beag isteach, thriomaigh sí í, agus chuir a chodladh í. Nuair a tháinig mé féin isteach ón bportach d'inis sí an scéal dom. Thug an bheirt againn ár mbeannacht don Deargadaol an oíche sin.

'Lá arna mhárach thosaigh an cailín beag ag caint ar an mbean a shábháil í. "Bhí an t-uisce isteach i mo bhéal agus i mo shúile agus i mo chluasa," ar sise; "chonaic mé tintreacha geala agus chuala mé torann mór; bhí mé ag sleamhnú, ag sleamhnú," ar sise; "agus ansin," ar sise, "mhothaigh mé an lámh timpeall orm, agus thóg sí ina hucht mé, agus phóg sí mé. Cheap mé go raibh mé sa mbaile nuair a bhí mé ar a hucht agus a seál timpeall orm," ar sise.

'Cúpla lá ina dhiaidh sin d'airigh mo bhean an cailín beag uaithi. Bhí sí ar iarraidh ar feadh cúpla uair. Nuair a tháinig sí abhaile d'inis sí dhúinn go raibh sí tar éis cuairt a thabhairt ar an mbean a shábháil í. "Rinne sí cáca dhom," ar sise. "Níl duine ar bith sa teach aici ach í féin, agus dúirt mé léi go ngabhfainn ar cuairt aici chuile thráthnóna."

'Níor fhéad mise ná mo bhean focal a rá ina haghaidh. Bhí an Deargadaol tar éis anam ár ngirsí a shábháil, agus ní bheadh sé nádúrtha a chrosadh ar an leanbh dul isteach ina teach. Ón lá sin amach théadh an cailín beag suas an cnoc chuici gach re lá.

'Dúirt na comharsana linn nach raibh sé ceart. Bhí sórt amhrais orainn féin nach raibh sé ceart, ach cén neart a bhí againn air?

'An gcreidfeadh sibh mé, a dhaoine? Ón lá ar leag an Deargadaol súil ar an gcailín beag thosaigh sí ag imeacht as, ag imeacht as, mar a d'imeodh tine nach ndeasófaí. Chaill sí a goile agus a lúth. Tar éis ráithe ní raibh ann ach a scáil. Tar éis míosa eile bhí sí sa gcill.

'Tháinig an Deargadaol anuas an sliabh an lá ar cuireadh í. Ní ligfí isteach sa reilig í. D'imigh sí a bealach suas an sliabh arís go huaigneach. Bhí trua agam don chréatúr, mar bhí a fhios agam nár mhó ár mbrón-na ná a brónsa. Chuaigh mé féin suas an cnoc maidin lá arna mhárach. Bhí fúm a rá léi nach raibh aon mhilleán agamsa ná ag mo bhean uirthi. Bhuail mé ar an doras. Ní bhfuair mé aon fhreagra. Chuaigh mé isteach sa teach. Bhí an ghríosach dearg ar an teallach. Ní raibh duine ar bith le feiceáil. Thug mé leaba faoi deara sa gcúinne. Chuaigh mé anonn go dtí an leaba. Bhí an Deargadaol ina luí ansin agus í fuar marbh.

'Ní raibh aon rath ormsa ná ar mo chomhluadar ón lá sin amach. Cailleadh mo bhean mí ina dhiaidh sin agus í ag breith a linbh. Níor mhair an leanbh. Tháinig galar ar mo bheithígh an geimhreadh dár gcionn. Chuir an tiarna amach as mo sheilbh mé. Tá mé i m'fhear siúil, agus bóithre Chonnacht romham, ó shin i leith.'

NA BÓITHRE

Beidh cuimhne i Ros na gCaorach go héag ar an oíche ar thug fear Bhaile Átha Cliath an fhleá dúinn i dteach scoile an Turlaigh Bhig. Ní raibh d'ainm ná de shloinne againn ar an bhfear céanna riamh ach fear Bhaile Átha Cliath. Is é a deireadh Peaitín Pháraic linn gur fear scríofa páipéir nuaíochta é. Léadh Peaitín an páipéar Gaeilge a thagadh go dtí an mháistreás gach seachtain, agus is beag ní nach raibh ar eolas aige, mar bhíodh cur síos ar an bpáipéar sin ar imeachtaí an Domhain Thiar agus ar imeachtaí an Domhain Thoir, agus ní bhíodh teora leis an méid feasa a bhíodh ag Peaitín le tabhairt dúinn gach Domhnach ag geata an tséipéil. Deireadh sé linn go raibh an-chuimse airgid ag fear Bhaile Átha Cliath, mar go raibh dhá chéad punt sa bhliain ag dul dó as ucht an páipéar sin a scríobh gach uile sheachtain.

Thugadh fear Bhaile Átha Cliath cuairt coicíse nó míosa ar an Turlach gach bliain. An bhliain áirithe seo chuir sé gairm scoile amach ag glaoch bocht agus nocht chun fleá agus féasta a bhí sé a chomóradh dúinn i dteach na scoile. D'fhógair sé go mbeadh ceol agus damhsa agus óráidí Gaeilge ann; go mbeadh píobaire ann ón gCeathrú Rua; go mbeadh Bríd Ní Mhainnín ann chun 'Contae Mhaigh Eo' a thabhairt uaithi; go n-inseodh Máirtín Iascaire scéal fiannaíochta; go n-aithriseodh Sean-Úna Ní Ghriallais dán mura mbeadh piachán ar an gcréatúr; agus go ndéanfadh Marcaisín Mhíchíl Rua dreas damhsa mura mbeadh na scoilteacha go ródhona air. Níorbh eol d'aon duine na scoilteacha a bheith ar Mharcaisín riamh ach nuair a hiarrtaí air damhsa a dhéanamh. *'Bedam but* tá mé marbh ag na scoilteacha le seachtain,' a deireadh sé i gcónaí nuair a luafaí damhsa. Ach ní túisce a thosaíodh an píobaire ar 'Tatther Jack Walsh' ná a chaitheadh Marcaisín a chaipín san aer, 'hup!' a deireadh sé, agus d'fhágtaí an t-urlár faoi.

Bhí comhluadar Chóil Labhráis ag ól tae tráthnóna na fleá.

'An rachaimid chuig teach na scoile anocht, a Dheaide?' arsa Cuimín Chóil lena athair.

'Gabhfaidh. Dúirt an tAthair Rónán go mba mhaith leis an pobal uilig a dhul ann.'

'Nach againn a bhéas an spraoi!' arsa Cuimín.

'Fanfaidh tusa sa mbaile, a Nóra,' a deir an mháthair, 'le aire a thabhairt don pháiste.'

Chuir Nóra pus uirthi féin ach níor labhair sí.

Tar éis tae chuaigh Cól agus a bhean siar sa seomra le hiad féin a ghléasadh chun bóthair.

'Mo léan nach gasúr fir a rinne Dia dhíom,' a deir Nóra lena deartháir.

'Muise, tuige?' arsa Cuimín.

'Chuile chuige níos fearr ná a chéile,' arsa Nóra. Leis sin thug sí boiseog bheag don leanbh a bhí idir a bheith ina chodladh is ina dhúiseacht sa chliabhán. Chuir an leanbh béic as.

'Ara, éist leis an bpáiste,' arsa Cuimín. 'Má chloiseann mo mháthair ag béicíl é, bainfidh sí an chluas díot.'

'Is cuma liom má bhaineann sí an dá chluais díom,' arsa Nóra.

'Céard atá ort?' Bhí Cuimín á ní féin agus stad sé agus d'amharc anonn thar ghualainn ar a dheirfiúr, agus an t-uisce ag sileadh lena éadan.

'Tuirseach de bheith i m'asailín ag mo mháthair agus ag chuile dhuine atáim,' arsa Nóra. 'Ag obair ó mhaidin go hoíche dhom agus sibhse ar bhur suaimhneas. Sibhse ag dul ag an spraoi anocht, agus mise i mo shuí anseo i mo bhanaltra don pháiste seo. "Fanfaidh tusa sa mbaile, a Nóra, le aire a thabhairt don pháiste," a deir mo mháthair. Sin é an chaoi i gcónaí. Is trua nach gasúr fir a rinne Dia dhíom.'

Bhí Cuimín ag triomú a éadain faoin am sin, agus 's-s-s-s-s' ar bun aige ar nós duine a bheadh ag deasú capaill.

'Is trua, deile,' ar seisean nuair a d'fhéad sé labhairt.

Chaith sé uaidh an tuáille, chuir a cheann ar leataobh, agus d'fhéach go sásta air féin sa scáthán a bhí ar crochadh ar an mballa.

'Scoilt a dhéanamh i mo chuid gruaige anois,' ar seisean, 'agus bheidh mé ar fheabhas.'

'An bhfuil tú réidh, a Chuimín?' a deir a athair ag teacht aniar as an seomra.

'Táim.'

'Beimid ag bogadh linn'.

Tháinig an mháthair aniar.

'Má bhíonn sé siúd ag caoineachán, a Nóra, ' ar sise, 'tabhair deoch bhainne dhó as an mbuidéal.'

Ní dúirt Nóra focal. D'fhan sí ina suí ar an suístín in aice an chliabháin agus a smig leagtha ar a dhá láimh agus a dhá huillinn leagtha ar a glúine. Chuala sí a hathair agus a máthair agus Cuimín ag dul amach an doras agus trasna na sráide; d'aithin sí ar a nglórtha go rabhadar ag dul síos an bóithrín. Chuaigh na glórtha in éag agus thuig sí go rabhadar tar éis an bóthar a thabhairt dóibh féin.

Ghabh Nóra ag cumadh pictiúr bréige ina haigne. Chonaic sí, dar léi, an bóthar breá réidh agus é geal faoi sholas gealaí. Bhí na daoine ina mionscataí ag déanamh ar theach na scoile. Bhí muintir Ros na gCaorach ag teacht amach an bóthar, agus muintir Ghairfeanach ag triall thart le teach na máistreása, agus muintir Chill Bhriocáin ag bailiú anuas an cnocán, agus muintir an Turlaigh Bhig cruinnithe cheana; bhí dream ón Turlach, agus corrscata ó Ghleann Chatha, agus duine nó beirt as Inbhear ag teacht isteach an bóthar. Samhlaíodh di go raibh a muintir féin ag geata na scoile anois. Bhíodar ag dul suas an cosán. Bhíodar ag beannú isteach an doras. Bhí teach na scoile beagnach lán, agus gan deireadh le teacht na ndaoine fós. Bhí lampaí crochta ar na ballaí agus an teach chomh geal is a bheadh i lár an lae. Bhí an tAthair Rónán ansin agus é ag dul ó dhuine go duine agus ag cur fáilte roimh gach aon duine. Bhí fear Bhaile Átha Cliath ann agus é go lách mar ba dhual dó. Bhí an mháistreás ann agus máistir agus máistreás an Ghoirt Mhóir agus bean na lásaí. Bhí gearrchailí na scoile ina suí le chéile ar na suíocháin tosaigh. Nach rabhadar le amhrán a rá? Chonaic sí, dar léi, Máire Sheáin Mhóir, agus Máire Pheaitín Johnny, agus Baibín Chóil Mharcais, agus Bríd an Bhádóra agus a cloigeann rua uirthi, agus Bríd Cháitín Ní Fhiannachta agus a béal oscailte aici mar ba ghnách léi. Bhí na gearrchailí ag féachaint thart agus ag tabhairt uillinne dá chéile agus ag fiafraí dá chéile cá raibh Nóra Chóil Labhráis. Bhí teach na scoile lán go doras anois. Bhí an tAthair Rónán ag bualadh a dhá bhois le chéile. Bhíothas ag stad den chaint agus den chogarnach. Bhí an tAthair Rónán ag labhairt leo. Bhí sé ag labhairt go greannmhar. Bhí gach aon duine ag gáirí. Bhí sé ag glaoch ar ghearrchailí na scoile chun an t-amhrán a thabhairt uathu. Bhíodar siúd ag éirí ina seasamh agus ag siúl go dtí ceann an tseomra agus ag umhlú don phobal.

'Mo léan gan mé ann,' arsa Nóra bhocht léi féin, agus leag a héadan ar a bosa agus thosaigh ag gol.

Stad sí den ghol go tobann. Chroch sí a ceann agus chuimil bos dá súile.

Ní raibh sé ceart, ar sise ina haigne féin. Ní raibh sé ceart, cóir ná feiliúnach. Cad chuige ar coinníodh sa mbaile í? Cad chuige a gcoinnítí sa mbaile i gcónaí í? Dá mba ghasúr fir í, ligfí amach í. Ó nach raibh inti ach gasúr mná, choinnítí sa mbaile í. Ní raibh inti, mar a dúirt sí le Cuimín an tráthnóna sin, ach asailín beag gearrchaile. Ní chuirfeadh sí suas leis a thuilleadh. Bheadh cead a cinn aici. Bheadh sí chomh saor le gasúr fir ar bith dá dtáinig nó dá dtiocfadh. Ba minic roimhe sin a chuimhnigh sí ar ghníomh. Dhéanfadh sí an gníomh sin anocht.

Ba mhinic a shíl Nóra go mba bhreá an saol bheith ag imeacht roimpi ina seabhac siúil gan beann aici ar dhuine ar bith. Bóithre na hÉireann roimpi agus a haghaidh orthu; cúl a cinn leis an mbaile agus le cruatan agus le crostacht a muintire. Í ag siúl ó bhaile go baile agus ó ghleann go gleann. An bóthar breá réidh roimpi, glasradh ar gach taobh de, tithe beaga cluthara ar shleasa na gcnocán. Dá n-éireodh sí tuirseach, d'fhéadfadh sí síneadh siar cois claí, nó d'fhéadfadh sí dul isteach i dteach éigin agus deoch bhainne agus suí cois tine a iarraidh ar bhean an tí. Codladh na hoíche a dhéanamh i gcoill éigin faoi scáth crann, agus éirí i moch na maidine agus síneadh roimpi arís faoin aer úraoibhinn. Dá dteastódh bia uaithi (agus is dócha go dteastódh) dhéanfadh sí obair

lae anseo agus obair lae ansiúd, agus bheadh sí lántsásta dá
bhfaigheadh sí cupán tae agus blúire aráin i ndíolaíocht a hoibre.
Nár bhreá an saol é sin seachas bheith ina hasailín beag gearrchaile
sa mbaile ag beathú na gcearc agus ag tabhairt aire don naíonán!

Ní ina cailín a d'imeodh sí roimpi ach ina malrach. Ní bheadh a
fhios ag duine ar bith nach malrach a bheadh inti. Nuair a
ghearrfadh sí a cuid gruaige agus culaith bháiníní le Cuimín a chur
uirthi féin cé a d'aithneodh gur ghearrchaile í?

Ba mhinic a cheap Nóra an chomhairle sin di féin, ach níor lig
an faitíos riamh di a cur i ngníomh. Ní raibh fáil cheart aici riamh
air. Bhíodh a máthair sa teach i gcónaí agus ní túisce a bheadh sí
imithe ná a d'aireofaí ar iarraidh í. Ach bhí fáil aici anois. Ní
bheadh éinne acu ar ais sa teach go ceann uaire an chloig ar a
laghad. Bheadh neart ama aici chun a cuid éadaigh a athrú agus
imeacht i ngan fhios don tsaol. Ní chasfaí éinne uirthi ar an
mbóthar ó bhí an pobal uile cruinnithe i dteach na scoile. Bheadh
am aici dul chomh fada le hEiliúrach anocht agus codladh a
dhéanamh sa gcoill. D'éireodh sí go moch maidin lá arna mhárach
agus bhuailfeadh bóthar sula mbeadh éinne ina shuí.

Phreab sí den suístín. Bhí siosúr i ndrár an drisiúir. Níorbh fhada
go raibh sí i ngreim sa siosúr agus snip sneap! ghearr sí di a cúl
gruaige, agus an ghlib a bhí ar a mala, agus gach dual fáinneach dá
raibh uirthi in aon ionsaí amháin. Dhearc sí uirthi féin sa scáthán.
A iníon ó! nach maol lom a d'fhéach sí! Bhailigh sí na fáinní
gruaige den urlár agus chuir i bhfolach i seanbhosca iad. Anonn léi
ansin go dtí an áit a raibh culaith ghlan bháiníní le Cuimín ar
crochadh ar thairne. Síos léi ar a glúine ag cuardach léine le Cuimín
a bhí i ndrár íochtair an drisiúir. Chaith sí an méid sin éadaigh ar
an urlár in aice na tine.

Seo anois í ag baint di a cuid éadaigh féin go deifreach. Chaith
sí a gúna agus a cóitín beag agus a léine isteach i gcófra a bhí faoin
mbord. Chuir sí léine Chuimín uirthi féin. Sháigh sí a cosa isteach
sa bhríste agus tharraing aníos uirthi féin é. Chuimhnigh sí ansin
nach raibh gealas ná crios aici. B'éigean di crios a dhéanamh as
seanphíosa corda. Chuir sí an chasóg uirthi féin. D'fhéach sí sa

scáthán agus gheit sí. Is amhlaidh a shíl sí go raibh Cuimín os a comhair! D'fhéach sí thar a gualainn ach ní fhaca sí aon duine. Is ansin a chuimhnigh sí gurb í féin a bhí ag féachaint uirthi féin, agus rinne sí gáire. Ach má rinne féin bhí sí beagán scanraithe. Dá mbeadh caipín aici anois bhí sí réidh chun bóthair. Is ea, bhí a fhios aici cá raibh seanchaipín le Cuimín. Fuair sí é agus chuir ar a ceann é. Slán beo anois leis an seansaol agus céad fáilte roimh an saol nua!

Nuair a bhí sí ag an doras thiontaigh sí ar ais agus théaltaigh anonn go dtí an cliabhán. Bhí an leanbh ina shámhchodladh. Chrom sí agus thug póg don naíonán, póigín beag éadrom isteach ar a mhala. Théaltaigh sí ar bharra a cos go dtí an doras, d'oscail go ciúin é, chuaigh amach ar an tsráid, agus dhún an doras go socair ina diaidh. Trasna na sráide léi, agus síos an bóithrín. Ba ghearr go dtug sí an bóthar di féin. Lasc léi ansin faoi dhéin an Turlaigh Bhig.

Ba ghairid go bhfaca sí teach na scoile ar thaobh an bhóthair. Bhí solas breá ag scalladh trí na fuinneoga. Chuala sí torann mar a bheifí ag gáirí agus ag bualadh bos istigh. Anonn thar claí léi agus suas cosán na scoile. Chuaigh sí thart go dtí tóin an tí. Bhí na fuinneoga ard go maith ach d'éirigh léi í féin a ardú suas go raibh radharc aici ar a raibh ar siúl taobh istigh. Bhí an tAthair Rónán ag labhairt. Stad sé, agus a Thiarna! thosaigh na daoine ag éirí ina seasamh. Ba léir go raibh an siamsa thart agus go rabhthas chun scarúna le dul abhaile. Céard a dhéanfadh sí dá bhfeicfí í?

Chaith sí léim ón bhfuinneog. Sciorr a cos uaithi ag teacht anuas ar an talamh di agus baineadh leagan aisti. Is beag nár scread sí os ard, ach chuimhnigh sí uirthi féin in am. Bhí a glúin beagán gortaithe, shíl sí. Bhí na daoine amach ar shráid na scoile faoi sin. Chaithfeadh sí fanacht i bhfolach go mbeidís ar fad imithe. Dhruid sí isteach leis an mballa chomh dlúth agus a d'fhéad sí. Chuala sí na daoine ag caint agus ag gáirí, agus d'aithin sí go rabhadar ag scaipeadh i ndiaidh a chéile.

Céard é sin? Glórtha daoine ag teacht chuici; fuaim coiscéimeanna ar an gcosán ina haice! Is ansin a chuimhnigh sí go raibh aicearra thart le cúl an tí agus go mbeadh roinnt daoine ag dul an t-aicearra. B'fhéidir go mbeadh a muintir féin ag dul an

bealach sin, mar bhí sé beagán níos giorra ná thart le bóthar. Tháinig scata beag chuici: d'aithin sí ar a nglórtha gurb iad muintir Pheaitín Johnny iad. Chuadar thart. Scata beag eile: muintir an Bhádóra. Thángadar chomh gar sin di gur shatail Éamonn ar a coisín bocht nochta. Is beag nár lig sí scread aisti an dara huair, ach ní dhearna ach í féin a bhrú níos gaire don bhalla. Bhí scata eile i leith: a Dhia mhóir, a muintir féin! Bhí Cuimín ag rá, 'Nárbh iontach an spóirt Marcaisín ag damhsa!' Chuimil gúna a máthar le leaca Nóra ag dul thart dóibh: níor tharraing sí a hanáil ar feadh an ama sin. Chuaigh dream nó dhó eile thart. D'éist sí ar feadh tamaill. Ní raibh aon duine eile ag teacht. Is amhlaidh a bhíodar ar fad imithe, a dúirt sí léi féin. Amach léi as a hionad folaigh agus lasc léi thart an cosán. Plimp! Rith sí in aghaidh duine éigin. Bhí dhá láimh mhóra timpeall uirthi. Chuala sí glór fir. D'aithin sí an glór. An sagart a bhí ann.

'Cé atá agam?' a deir an tAthair Rónán.

D'inis sí bréag. Céard eile a bhí lena insint aici?

'Cuimín Chóil Labhráis, a Athair,' ar sise.

Leag sé lámh ar gach gualainn léi agus d'fhéach síos uirthi. Bhí an ceann cromtha aici.

'Shíl mé gur imigh tú abhaile le d'athair agus le do mháthair,' ar seisean.

'D'imigh, a Athair, ach chaill mé mo chaipín agus tháinig mé ar ais á iarraidh.'

'Nach bhfuil do chaipín ar do cheann?'

'Fuair mé ar an gcosán é.'

'Nach bhfuil d'athair agus do mháthair imithe an t-aicearra?'

'Tá, a Athair, ach tá mise ag dul an bóthar ionas go mbí mé leis na gasúir eile.'

'Gread leat, mar sin, nó béarfaidh na taibhsí ort.' Leis sin lig an tAthair Rónán uaidh í.

'Go dtuga Dia oíche mhaith dhuit, a Athair,' ar sise. Níor chuimhnigh sí ar a caipín a bhaint di ach is amhlaidh a d'umhlaigh sí don sagart ar nós cailín! Má thug an sagart an méid sin faoi deara ní raibh am aige focal a rá, mar bhí sí imithe ar iompú do bhoise.

Bhí a dhá grua ar dearglasadh le náire agus í ag tabhairt aghaidhe ar an mbóthar. Bhí sí tar éis ceithre bréaga móra a dhéanamh leis an sagart! B'eagal léi gur peaca uafásach ar a hanam na bréaga sin. Bhí faitíos uirthi ag dul an bóthar uaigneach úd faoi dhorchadas na hoíche agus an t-ualach sin ar a croí.

Bhí an oíche an-dubh. Bhí gealadh beag ar thaobh a láimhe deise. Lochán an Turlaigh Bhig a bhí ann. D'éirigh éan éigin, crotach nó naoscach, de bhruach an locha ag ligean scread bhrónach as. Baineadh geit as Nóra nuair a chuala sí glór an éin chomh tobann sin agus siabhrán a sciathán. Lean uirthi agus a croí ag bualadh in aghaidh a huchta. D'fhág sí an Turlach Beag ina diaidh agus thug aghaidh ar an mbóthar fada díreach a théas go crosbhóthar Chill Bhriocáin. Is ar éigean a d'aithin sí cuma na dtithe ar an ardán nuair a shroich sí an crosbhóthar. Bhí solas i dteach Pheadair Uí Neachtain, agus chuala sí glórtha ó thaobh Shnámh Bó. Lean uirthi ag tarraingt ar an Turlach. Nuair a shroich sí Cnocán na Móna tháinig gealach amach, agus chonaic sí uaithi mothar na gcnoc. Tháinig scamall mór trasna aghaidh na gealaí agus chonacthas di gur dhuibhe faoi dhó a bhí an oíche ansin. Ghabh imeagla í, óir chuimhnigh sí nach raibh Cnoc an Leachta i bhfad uaithi, agus go mbeadh an reilig ar thaobh a láimhe deise ansin. Is minic a chuala sí gur dhrocháit é sin i lár oíche. Ghéaraigh sí ar a himeacht; thosaigh sí ag rith. Chonacthas di go rabhthas ar a tóir; go raibh bean chosnochta ag satailt beagnach lena sála; go raibh fear caol dubh ag gluaiseacht lena taobh; go raibh páiste agus léine bhán air ag imeacht an bóthar roimpi. D'oscail sí a béal le scread a ligean aisti, ach ní tháinig aon ghlór uaithi. Bhí fuarallas léi. Bhí a cosa ag lúbadh fúithi. Is beag nár thit sí ina cnap ar an mbóthar. Bhí sí ag Cnoc an Leachta faoin am sin. Chonacthas di go raibh Cill Eoin lán de thaibhsí. Chuimhnigh sí ar an bhfocal a dúirt an sagart: 'Fainic an mbéarfadh na taibhsí ort.' Bhíothas chuici! Chuala sí, dar léi, plub plab cos nochta ar an mbóthar. Thiontaigh sí ar thaobh a láimhe clé agus chaith léim thar claí. Is beag nach ndeachaigh sí á bá i dtonn ar bogadh a bhí idir í féin agus an choill i ngan fhios di. Chas sí a cos ag iarraidh í féin a shábháil, agus mhothaigh sí pian. Ar aghaidh léi go fuaidreach. Bhí sí ar thailte Eiliúrach ansin. Chonaic sí lóchrann an locha tríd an gcraobhach. Bhain fréamh crainn tuisle aisti, agus leagadh í. Chaill sí a meabhair.

Tar éis tamaill an-fhada samhlaíodh di gur líonadh an áit de chineál leathsholais, solas a bhí idir solas gréine agus solas gealaí. Chonaic sí go han-soiléir bunanna na gcrann agus iad dorcha in aghaidh spéire buí-uaine. Ní fhaca sí spéir ar an dath sin riamh roimhe, agus b'álainn léi í. Chuala sí an choiscéim, agus thuig sí go raibh duine éigin ag teacht chuici aníos ón loch. Bhí a fhios aici ar mhodh éigin go raibh míorúilt ábhalmhór ar tí a taispeána di agus go raibh páis uafásach éigin le fulaingt ansin ag Duine éigin. Níorbh fhada di ag fanacht go bhfaca sí mac óg ag triall go tuirseach trí aimhréidh na coille. Bhí a cheann cromtha aige agus cuma mórbhróin air. D'aithin Nóra é. Ba é Mac Mhuire a bhí ann agus bhí a fhios ag Nóra go raibh sé ag triall ina aonar chun a pháise.

Chaith an mac é féin ar a ghlúine agus ghabh ag guí. Ní chuala Nóra aon fhocal uaidh, ach thuig sí ina croí cad a bhí sé a rá. Bhí sé á iarraidh ar a Athair Síoraí duine a chur chuige a sheasfadh lena thaobh i láthair a namhad agus a d'iompródh leath a ualaigh. Ba mhian le Nóra éirí agus dul chuige, ach níor fhéad sí corraí as an áit ina raibh sí.

Chuala sí gleo, agus líonadh an áit de lucht airm. Chonaic sí aghaidheanna dorcha diabhlaí agus lí lann agus arm faobhair. Rugadh go naimhdeach ar an mac mánla agus sracadh a chuid éadaigh de agus gabhadh de sciúirsí ann go raibh a cholainn ina cosair cró agus ina bithghoin ó mhala go bonn troighe. Cuireadh coróin spíonta ar a mhullach modhúil ansin agus leagadh croch ar a ghuaillí agus d'imigh roimhe go troighmhall truánta bealach brónach a thurais chun Calvaire. Bhris an slabhra a bhí ag ceangal teanga agus ball Nóra go dtí sin agus scread sí os ard.

'Lig dom dul leat, a Íosa, agus an chroch a iompar dhuit!' ar sise.

Mhothaigh sí lámh ar a gualainn. D'fhéach sí suas. Chonaic sí éadan a hathar.

'Céard atá ar mo chailín beag, nó tuige ar imigh sí uainn?' arsa guth a hathar.

Thóg sé ina bhaclainn í agus thug abhaile í. Luigh sí ar a leaba go ceann míosa ina dhiaidh sin. Bhí sí as a meabhair leath an ama sin, agus shíl sí ar uaire go raibh sí ag siúl na mbóithre ina cadhan aonraic agus ag iarraidh eolas an bhealaigh ar dhaoine, agus shíl sí ar uaire eile go raibh sí ina luí faoin gcrann istigh in Eiliúrach agus go raibh sí ag féachaint arís ar pháis an mhic mhánla agus í ag iarraidh teacht do chúnamh air ach gan é ar a cumas. D'imigh na mearbhaill sin as a haigne i ndiaidh a chéile agus thuig sí sa deireadh go raibh sí sa bhaile arís. Agus nuair a d'aithin sí éadan a máthar, líonadh a croí de shólás, agus d'iarr sí uirthi an naíonán a chur isteach sa leaba chuici, agus nuair a cuireadh isteach sa leaba é, phóg sí go dil é.

'A Mhaimín', ar sise, 'shíl mé nach bhfeicfinn tusa ná m'athair ná Cuimín ná an páiste arís go brách. An raibh sibh anseo ar feadh na haimsire?'

'Bhí, a uain ghil,' a deir a máthair.

'Fanfaidh mé san áit a bhfuil sibhse,' ar sise. 'A Mhaimín chroí, bhí na bóithre an-dorcha... Agus ní bhuailfidh mé go deo arís thú,' ar sise leis an leanbh agus í ag tabhairt póigín eile dó.

Chuir an leanbh a lámh timpeall a muineáil agus rinne sí lúb di féin ar an leaba ar a lánsástacht.

BRÍD NA N-AMHRÁN

Ba í Bríd na nAmhrán an t-amhránaí ba mhó clú dá raibh i Ros na gCaorach, ní amháin le mo linnse, ach le linn m'athar. Deirtí go meallfadh sí an chéirseach den chraobh le binneas an cheoil a gheall Dia di, agus chreidfinn féin go meallfadh, mar is minic a mheall sí mise agus malraigh nach mé ónár ndinnéar nó ónár suipéar. Bheinn i m'fhear saibhir inniu dá mbeadh scilling agam in aghaidh gach uaire a sheasas taobh amuigh dá doras, ar mo bhealach abhaile ón scoil dom, ag éisteacht lena cuid amhrán, agus dúirt m'athair liom gur mion minic a rinne sé féin an cleas céanna nuair a bhí seisean ina stócach ag imeacht ar scoil. Bhí sé mar bhéaloideas i measc na ndaoine gur ón Reachtúrach féin a d'fhoghlaim Bríd 'Contae Mhaigh Eo', agus nach le 'Contae Mhaigh Eo' a bhain sí na deora móra as súile Sheáin Mhic Éil tráth a raibh sé ar cuairt anseo, i bhfochair ár nEaspaig féin, bliain go díreach sular rugadh mise?

Ní nach ionadh, nuair a chualamar go raibh Feis le bheith i Maigh Chaorthainn, shocraíomar go léir inár n-intinn gur ag Bríd a bheadh an duais ar an amhránaíocht, dá ngabhfadh sí ann. Ní raibh aon duine eile, d'amhránaí fir ná d'amhránaí mná, leath chomh maith léi sna seacht bparóistí. Níorbh fhéidir go mbuailfí í, dá mbeadh ceart le fáil. Chuirfeadh sí ionadh ar mhuintir Mhaigh Chaorthainn agus ar na daoine uaisle a bheadh ann as Gaillimh agus as Tuaim. Thuillfeadh sí clú agus cáil do Ros na gCaorach. Bhéarfadh sí an duais go réidh agus chuirfí go Baile Átha Cliath í le amhrán a ghabháil ag an Oireachtas. Bhí sórt leisce ar Bhríd ar dtús. Bhí sí róshean, a dúirt sí. Ní raibh a guth chomh maith is a bhíodh. Ní raibh a hanáil aici. Bhí cuid de na hamhráin ag imeacht as a cuimhne. Níor theastaigh duais uaithi. Nach raibh a fhios ag Feara Fáil gurbh í an t-amhránaí ab fhearr in Iar-Chonnachta í? Nár mhol an Reachtúrach í, nach ndearna Colm a Bhailís amhrán ina honóir, nár bhain sí deora as súile Sheáin Mhic Éil? Dúirt Bríd an méid sin

agus a sheacht n-oiread eile; ach ba léir san am céanna go raibh
fonn uirthi dul chun na Feise agus bhí a fhios againn uile go
ngabhfadh. Le scéal gairid a dhéanamh de, bhíomar léi nó gur
bhaineamar gealladh aisti go rachadh sí ann.

Chuaigh. Is maith is cuimhin liom lá na Feise. Bhí an saol
Fódlach ann, cheapfá. Bhí an teach ag cur thar maoil le daoine
bochta is le daoine saibhre, le daoine uaisle is le daoine ísle, le
hógánaigh luatha láidre is le seanóirí críonna caite. Bhí sagairt is
bráithre ann ó gach ceard. Bhí dochtúirí is dlíodóirí ann ó Thuaim
is ó Ghaillimh is ó Uachtar Ard. Bhí lucht páipéar nuaíochta ann
ó Bhaile Átha Cliath. Bhí mac tiarna ann ó Shasana. Chuaigh a lán
daoine suas ag rá amhrán. Chuaigh Bríd suas. Bhíomarna ar chúl an
tí ag éisteacht léi. Thosaigh sí uirthi. Bhí beagán cúthaileachta
uirthi ar dtús, agus bhí an guth ró-íseal aici. Ach tháinig sí chuici
féin i leaba a chéile, de réir mar a bhí sí ag bogadh amach san
amhrán, agus bhain sí deora as súile an chomhluadair leis an
gceathrú dheiridh. Chuireadar go léir na gártha astu nuair a bhí
críochnaithe aici agus í ag teacht anuas. Chuireamarna liú asainn a
shílfeá a phléascfadh díon an tí. Chuaigh girseach óg suas. Bhí an
guth i bhfad ní b'fhearr aici ná mar a bhí ag Bríd, ach, dar linne, ní
raibh an t-uaigneas ná an binneas céanna san amhrán is a bhí in
amhrán Bhríde. Tháinig sí anuas. Chuir na daoine na gártha astu
arís, ach ní thug mé faoi deara go raibh aon duine ag gol. D'éirigh
duine de na breithiúna ina sheasamh. Mhol sé Bríd go mór. Mhol sé
an ghirseach óg go mór freisin. Bhí sé an-fhadálach.

'Cé acu a ghnóthaigh an duais?' arsa duine againne sa deireadh,
nuair a bhí ár gcuid foighne caite.

'Ó, an duais!' ar seisean. ''Sea, i dtaobh na duaise, táimid á
tabhairt do Nóra Ní Chasaide (an cailín óg), ach táimid ag moladh
duais speisialta a thabhairt do Bhríd Ní Mhainnín (.i. Bríd seo
againne). Cuirfear Nóra Ní Chasaide go Baile Átha Cliath le
amhrán a rá ag an Oireachtas.'

Chuir muintir Mhaigh Chaorthainn liú astu, mar b'as Maigh
Chaorthainn Nóra Ní Chasaide. Ní dúramarna faic. Bhreathnaíos
anonn ar Bhríd. Bhí a héadan bánliath, agus í ar crith ina baill.

'Céard a dúirt tú, a dhuine uasail, le do thoil?' ar sise de ghlór aisteach. 'An agamsa atá an duais?'

'Táimid ag moladh duais speisialta a thabhairt duit, a bhean chóir, mar chruthaigh tú go rímhaith, chruthaigh sin, ach is do Nóra Ní Chasaide atá duais na Feise molta.'

Níor labhair Bríd focal, ach is amhlaidh a d'éirigh sí ina seasamh agus, gan breathnú thairsti do thaobh na láimhe deise ná do thaobh na láimhe clé, thug an doras amach uirthi féin. Bhuail sí an bóthar go Ros na gCaorach, agus bhí sí romhainn nuair a shroicheamar an baile go deireanach san oíche.

Bhí an tOireachtas le bheith i mBaile Átha Cliath an tseachtain dár gcionn. Ba bhrónach an dream sinn ar chuimhniú dúinn nach mbeadh Bríd na nAmhrán ann. Bhíomar lánchinnte nach bhfuair sí cothrom na Féinne i Maigh Chaorthainn, agus cheapamar dá ngabhfadh sí go Baile Átha Cliath go bhfaigheadh sí sásamh agus cúiteamh. Ach faraor, ní raibh aon airgead againn lena cur ann, agus, dá mbeadh féin, bhí a fhios againn nach nglacfadh sí uainn é. Bhíomar ag cur na ceiste trí chéile tráthnóna amháin ag binn tí an Bhádóra, nuair b'eo chugainn Máirtín Beag Ó Conghaile ar lánrith agus dúirt linn go raibh Bríd na nAmhrán imithe, an glas ar a doras, agus gan tásc ná tuairisc uirthi le fáil.

Ní raibh a fhios againn céard a d'éirigh di go ceann coicíse ina dhiaidh sin. Seo mar a tharla. Nuair a chuala sí go raibh an tOireachtas le bheith i mBaile Átha Cliath ar a leithéid seo de lá dúirt sí léi féin go mbeadh sí ann dá mairfeadh sí. Níor lig sí tada uirthi, ach d'imigh léi de shiúl oíche, ag coisíocht. Ní raibh ach cúpla scilling aici ina póca. Ní raibh a fhios aici cá raibh Baile Átha Cliath ná cá fhad uaithi é. Lean sí uirthi, is cosúil, ag iarraidh eolas an bhóthair ar na daoine a casadh di, ag coisíocht i gcónaí, nó gur fhág sí ina diaidh Cois Locha, agus an Spidéal, agus Gaillimh, agus an tÓrán Mór, agus Baile Átha an Rí, agus Cill Chonaill, agus Béal

Átha na Sluaighe, agus Béal Átha Luain, agus an Muileann gCearr, agus Maigh Nuad, nó sa deireadh go bhfaca sí uaithi tithe Bhaile Átha Cliath. Is cosúil go raibh a cuid airgid caite i bhfad roimhe sin, agus ní bheidh a fhios ag deoraí go deo cén chaoi ar mhair an créatúr ar an aistear fada fíoruaigneach sin. Ach tráthnóna amháin nuair a bhí an tOireachtas ar lánsiúl sa halla mór i mBaile Átha Cliath, chonacadh bean tuaithe ag teacht isteach an doras, a cosa gearrtha gortaithe ag clocha crua an bhealaigh, a cuid éadaigh breactha le deannach is le smúr an bhóthair, agus í tugtha traochta sáraithe.

Shuigh sí fúithi. Bhí daoine ag amhránaíocht ar an sean-nós. Glaodh ar Bhríd Ní Mhainnín ó Ros na gCaorach (mar bhí a hainm curtha isteach againne ar shúil go bhféadfaimis a cur ann). D'éirigh an tseanbhean, chuaigh suas, agus thosaigh ar 'Contae Mhaigh Eo'.

Nuair a chríochnaigh sí, bhí an teach in aon rírá amháin le gártha, bhí sé chomh breá sin. Dúradh léi ceann eile a rá. Thosaigh sí ar 'Sail Óg Rua'. Ní raibh ach an chéad líne den dara ceathrú ráite aici nuair a tháinig míobhán éigin ina ceann. Stad sí agus thosaigh uirthi arís. Tháinig an míobhán uirthi arís, tháinig creathnú uirthi, agus thit sí i lagar ar an ardán. Tugadh amach as an halla í. Tháinig dochtúir ag breathnú uirthi.

'Tá sí seo ag fáil bháis den ocras agus den chruatan,' ar seisean.

Lena linn sin go díreach cluineadh gártha móra istigh sa halla. Tháinig duine de na breithiúna amach go deifreach.

'Tá an chéad duais gnóthaithe agat!' ar seisean. 'Rinne tú go…' Stad sé go tobann.

Bhí an sagart ar a ghlúine ag cromadh os cionn Bhríde. Thóg sé a lámh agus thug sé an aspalóid.

'Tá luach saothair níos fearr ná an chéad duais gnóthaithe aici,' ar seisean.

AN GADAÍ

Lá dár scaoileadh malraigh an Ghoirt Mhóir amach ó scoil, tar éis imeachta soir do mhuintir Ghleann Chatha agus do mhuintir Dhoire an Bhainbh, d'fhan muintir an Turlaigh agus muintir Inbhir le scaitheamh cainte a bheith acu roimh scaradh dóibh ag bóthar Ros na gCaorach. Tá teach an mháistir go díreach ag ceann an bhóthair, a chúl leis an gcnoc agus a aghaidh ar Loch Eiliúrach.

'Chuala mé go raibh meacha an mháistir ag éirí,' a deir Micilín Bheairtle Éanna.

'Teanna uait isteach sa ngarraí go mbreathnaíodh muid orthu,' a deir Darach Bhairbre an Droichid.

'Ní ligfeadh an faitíos dhom,' arsa Micilín.

'Cén faitíos atá ort?' a deir Darach.

'Ar ndóigh, beidh an máistir agus an mháistreás anoir ar ball.'

'Cé a fhanfas le focal an fhaire a thabhairt dúinn nuair a bhéas an máistir ag tíocht?' arsa Darach.

'Fanfaidh mise,' a deir Antaine Beag Ó Mainnín.

'Déanfaidh sin,' arsa Darch. 'Lig fead nuair a fheicfeas tú ag fágáil na scoile é.'

Isteach thar sconsa leis. Isteach thar sconsa leis an gcuid eile ina dhiaidh.

'Fainic an gcuirfí ga i nduine agaibh,' a deir Antaine.

'Beag an baol,' arsa Darach. Agus as go brách leo.

Shuigh Antaine ar an sconsa agus a chúl le bóthar. D'fhéadfadh sé an máistir a fheiceáil thar a ghualainn dheas dá bhfágfadh sé teach na scoile. Ba dheas an gairdín a bhí ag an máistir, dar le hAntaine. Bhí crainn rós agus crainn spíonán agus crainn úll aige. Bhí clocha beaga geala aige thart leis an gcosán. Bhí clocha móra geala ina gcarnán deas aige agus caonach agus dúchosach agus raithneach ag fás eatarthu. Bhí...

Chonaic Antaine ionadh ba mhó ná aon ionadh dá raibh ag an máistir sa ghairdín. Chonaic sé teachín beag álainn faoi scáth crainn de na cranna rós; é déanta d'adhmad; dhá stór ann; dath bán ar an stór íochtair agus dath dearg ar an stór uachtair; doras beag glas air; trí fuinneoga gloine air, ceann ó íochtar agus dhá cheann ó uachtar; troscán tí ann, idir bhoird, chathaoireacha, leapacha, ghréithe, agus eile; agus, arsa Antaine leis féin, féach bean uasal an tí ina suí sa doras!

Ní fhaca Antaine teach bábóige riamh roimhe sin, agus b'ionadh leis a ghleoiteacht agus a dheise mar áilleán. Thuig sé gur le cailín beag an mháistir é, le Neans bheag. Trua gan a leithéid ag a dheirfiúirín beag féin, ag Eibhlín, an créatúr, a bhí sínte ar a leaba le ráithe mhór agus í lag tinn! Trua gan an bábóigín féin aici! Chuir Antaine saint a chroí sa bhábóg sin d'Eibhlín. D'fhéach sé thar a ghualainn dheas. Ní raibh an máistir ná an mháistreás le feiceáil. D'fhéach sé thar a ghualainn chlé. Bhí na gasúir eile as amharc. Ní dhearna sé an dara smaoineamh. Thug sé a sheanléim den sconsa, rug ar an mbábóg, sháigh isteach faoina chasóg í, d'imigh leis thar claí amach arís, agus ghread leis abhaile.

'Tá bronntanas agam duit,' ar seisean le hEibhlín nuair a ráinigh sé an teach. 'Féach!' Leis sin thaispeáin sé an bhábóg di.

Tháinig dath i leicne caite an chailín bhig a bhí tinn, agus tháinig solas ina súile.

'Óra, a Antaine, a ghrá, cá bhfuair tú í?' ar sise.

'Neans bheag an mháistir a chuir chugat mar bhronntanas í,' arsa Antaine.

Tháinig a mháthair isteach.

'A Mhaimín, a chuid,' arsa Eibhlín, 'féach an bronntanas a chuir Neans bheag an mháistir chugam!'

'An dáiríre?' arsa an mháthair.

''Sea,' arsa Eibhlín. 'Antaine a thug isteach chugam anois í.'

D'fhéach Antaine síos ar a chosa agus ghabh ag comhaireamh na méar a bhí orthu.

'A mhainín féin,' a deir an mháthair, 'nach í a bhí go maith dhuit! Muise mo ghairm thú, a Neans! Rachaidh mé i mbannaí go gcuirfidh an bronntanas sin biseach mór ar mo chailín beag.'

Agus tháinig deora i súile na máthar de bharr an bhuíochais a bhí aici do Neans bheag mar gheall ar gur chuimhnigh sí ar an leanbh a bhí tinn. Cé nár fhéad sé féachaint idir na súile ar a mháthair ná ar Eibhlín le teann náire, bhí áthas ar Antaine go ndearna sé an ghoid.

Bhí eagla air a phaidreacha a rá an oíche sin, agus luigh sé ar a leaba gan phaidir. Ní fhéadfadh sé gníomh croíbhrú a dhéanamh mar ní go fírinneach a d'fhéadfadh sé a rá le Dia go raibh brón air faoin bpeaca sin. Is minic a scanraigh sé san oíche arna shamhlú dó go raibh Neans bheag ag teacht ag iarraidh na bábóige ar Eibhlín, go raibh an máistir ag cur na gadaíochta ina leith os comhair na scoile, go raibh urchar iontach beach ag éirí ina choinne agus Darach Bhairbre an Droichid agus na gasúir eile á ngríosú le gártha béil agus le ceol drumaí. Ach ar maidin lá arna mhárach dúirt sé leis féin: 'Is cuma liom. Cuirfidh an bhábóg biseach ar Eibhlín.'

Nuair a chuaigh sé chun scoile d'fhiafraigh na gasúir de cad chuige ar imigh sé i ngan fhios an tráthnóna roimhe sin agus é tar éis a gheallta dóibh go ndéanfadh sé faire.

'Mo mháthair a chuir fios orm,' arsa Antaine. 'Bhí gnaithe aici dhíom.'

Nuair a tháinig Neans bheag isteach sa scoil d'fhéach Antaine uirthi os íseal. Shíl sé uirthi go raibh sí tar éis a bheith ag gol; cheap sé go bhfaca sé rian na ndeor ar a pluca. An chéad uair a ghlaoigh an máistir ina ainm air, gheit sé, óir shíl sé go raibh sé ar tí an choir a chur ina leith nó ceist a chur air i dtaobh na bábóige. Níor chuir sé isteach lá chomh dona leis an lá sin riamh ar scoil. Ach nuair a chuaigh sé abhaile agus nuair a chonaic sé biseach maith ar Eibhlín, agus í ina suí aniar sa leaba den chéad uair le mí, agus an bhábóg fáiscthe lena hucht aici, ar seisean leis féin: 'Is cuma liom. Tá an bhábóg ag cur bisigh mhóir ar Eibhlín.'

Ar a leaba dó san oíche bhí drochbhrionglóidí aige arís. Cheap sé go raibh an máistir tar éis a insinte do na píléars gur ghoid sé an bhábóg, agus go raibh na píléars ar a thí; shíl sé uair amháin go raibh píléar i bhfolach faoin leaba agus go raibh ceann eile ar a chromada faoi scáth bhrat na fuinneoige. Scread sé os ard trína chodladh.

'Céard atá ort?' a deir a athair leis.

'An pílear atá ar thí mo ghafa,' arsa Antaine.

'Níl tú ach ag rámhailleacht, a ghasúir,' arsa a athair leis. 'Níl aon phílear ann. Téirigh a chodladh dhuit féin.'

Ba dhona an saol ag an duine bocht é as sin amach. Shíleadh sé go mbítí ag síneadh méire chuige agus é ag siúl an bhóthair. Shíleadh sé go mbítí ag croitheadh an chinn agus ag rá lena chéile: 'Sin gadaí,' nó, 'Ar chuala tú céard a rinne Antaine Pháraic Uí Mhainnín? A bábóg a ghoid ó Neans bheag an mháistir. Anois céard a deir tú?' Ach níor fhulaing sé pian i gceart go ndeachaigh sé chun Aifrinn Dé Domhnaigh agus gur thosaigh an tAthair Rónán ag tabhairt seanmóra uaidh ar an Seachtú hAithne: 'Ná déan goid; agus má dhéanann tú goid, ní maithfear dhuit go dtuga tú cúitiú.' Bhí Antaine lánchinnte go raibh sé i bpeaca marfa. Bhí a fhios aige go mba cheart dó dul chun faoistine agus an peaca a insint don sagart. Ach ní fhéadfadh sé dul chun faoistine, mar bhí a fhios aige go n-abródh an sagart leis go gcaithfeadh sé an bhábóg a thabhairt ar ais. Agus ní thabharfadh sé an bhábóg ar ais. Chruaigh sé a chroí agus dúirt nach dtabharfadh sé an bhábóg ar ais go deo, mar go raibh an bhábóg ag cur bisigh ar Eibhlín ó lá go lá.

Tráthnóna amháin bhí sé ina shuí cois na leapa i séis chomhrá le hEibhlín nuair a rith a mháthair isteach go deifreach agus ar sise:

'Seo aníos an bóithrín an mháistreás agus Neans bheag!'

Ba mhaith le hAntaine go n-osclódh an talamh agus go slogfadh sí é. Bhí a éadan dearg suas go dtí an dá chluais. Bhí allas leis. Níor fhéad sé focal a rá ná smaoineamh a cheapadh. Ach bhí na focail seo ag rith trína cheann: 'Bainfidh siad an bhábóg d'Eibhlín.'

Ba chuma leis céard a déarfaí nó céard a dhéanfaí leis féin. Ní bheadh de fhreagra aige ach: 'Tá an bhábóg ag cur bisigh ar Eibhlín.'

Tháinig an mháistreás agus Neans bheag isteach sa seomra. D'éirigh Antaine. Níor fhéad sé féachaint san éadan orthu. Thosaigh sé ar a sheanseift, ag comhaireamh méar a chos. Cúig cinn ar gach cois; ceithre mhéar agus ordóg; nó trí mhéar, ordóg agus laidhricín; sin cúig cinn; a cúig faoi dhó, a deich; deich gcinn ar fad. Níor fhéad sé a líon a mhéadú ná a laghdú. Bhí a mháthair ag caint, bhí an mháistreás ag caint, ach ní raibh aon aird ag Antaine orthu.

Bhí sé ag fanacht nó go n-abrófaí rud éigin i dtaobh na bábóige. Ní
raibh le déanamh aige go dtí sin ach a mhéara a chomhaireamh. A
haon, a dó, a trí…

Céard é sin? Bhí Eibhlín ag tagairt don bhábóg. D'éist Antaine
anois.

'Nár mhaith uait an bhábóg a chur chugam?' a bhí sí a rá le
Neans. 'Ón lá ar thug Antaine isteach chugam í, thosaigh biseach
ag teacht orm.'

'Thosaigh sin,' a deir a máthair. 'Beidh muid buíoch dhíot go deo
i ngeall ar an mbábóg chéanna a chur chuici. Go meadaí Dia do stór
agus go gcúití sé leat míle uair é.'

Níor labhair Neans ná an mháistreás. D'fhéach Antaine ar
Neans faoi cheilt. Bhí a dhá súil greamaithe sa bhábóg, óir bhí an
bhábóg ina luí go seascair sa leaba le hais Eibhlín. Bhí a béal leath
ar oscailt aici, agus ionadh an domhain uirthi faoi ráite Eibhlín agus
a máthar.

'Is ar éigean a chreid mé Antaine nuair a thug sé isteach chugam
í,' arsa Eibhlín, 'agus nuair a d'inis sé dhom gur chuir tú chugam mar
bhronntanas í.'

D'fhéach Neans anonn ar Antaine. D'ardaigh Antaine a shúile
go mall agus d'fhéachadar isteach i súile a chéile. Ní bheidh a fhios
go deo céard a léigh Neans i súile Antaine. Is é an rud a léigh
Antaine i súile Neans an trócaire, an bhá agus an mhilseacht.
Labhair Neans le hEibhlín.

'An dtaithníonn sí leat?' ar sise.

'Ó, taithníonn thar cionn,' a deir Eibhlín. 'Is fearr liom í ná aon
rud dá bhfuil agam ar an domhan.'

'Tá teach beag agam ina gcónaíodh sí,' arsa Neans. 'Caithfidh
mé a chur chugat lena haghaidh. Tabharfaidh Antaine chugat
amárach é.'

'Óra!' arsa Eibhlín, agus í ag bualadh a dhá boisín beag tanaí lena
chéile.

'Bheadh sé mór agat, a ghrá,' arsa máthair Eibhlín le Neans.

'Ní bheadh,' arsa Neans. 'Cuirfidh sé biseach eile ar Eibhlín. Tá
go leor rudaí agamsa.'

'Lig di é a dhéanamh, a Cháit,' arsa an mháistreás leis an máthair.

'Tá sibh rómhaith,' a deir an bhean bhocht.

Shíl Antaine gur ag brionglóideach a bhí sé. Nó shíl sé nach duine saolta Neans bheag ar chor ar bith, ach aingeal as na flaithis anuas. Bhí fonn air dul ar a ghlúine ina fianaise.

Nuair a d'imigh an mháistreás agus Neans bheag, rith Antaine amach an doras iata agus réab leis trasna an gharraí ionas go raibh sé rompu ag bun an bhóithrín ag dul amach ar bóthar dóibh.

'A Neans,' ar seisean, ''séard a rinne mé í a ghoid – an bhábóg.'

'Ná bac leis, a Antaine,' arsa Neans. 'Rinne tú maitheas d'Eibhlín.'

D'fhan Antaine ina staic ar an mbóthar agus níor fhéad sé focal eile a rá.

Nach air a bhí an bród ag tabhairt tí na bábóige abhaile d'Eibhlín tar éis scoile lá arna mhárach! Agus nach acu a bhí an greann an tráthnóna sin ag réiteach an tí agus ag glanadh an troscáin agus ag cur na bábóige a chodladh ar a leaba bheag!

An Satharn dár gcionn chuaigh Antaine chun faoistine agus d'inis a pheaca don sagart. Is é an breithiúnas aithrí a chuir an sagart air teach na bábóige a sciúradh uair sa tseachtain d'Eibhlín nó go mbeadh Eibhlín láidir a dóthain chun a sciúrtha í féin. Bhí Eibhlín láidir a dóthain chuige faoi cheann míosa. Bhí sí ar scoil arís faoi cheann míosa eile.

Ní raibh aon tráthnóna Sathairn as sin amach nach gcloisfí bualadh beag éadrom ar dhoras an mháistir. Ar dhul amach don mháistreás bhíodh Antaine ina sheasamh ag an doras.

'Seo bronntanas beag do Neans,' a deireadh sé, ag síneadh chuici leathdhosaen ubh lachan nó lán cráige fraochán nó ar a laghad lán glaice de dhuileasc, agus ansin scuabadh leis gan am a thabhairt don mháistreás focal a rá.

AN BHEAN CHAOINTE

I

'A Chóilín,' arsa m'athair liom maidin amháin tar éis an bhricfeasta, agus mé ag cur mo chuid leabhar le chéile le bheith ag bogadh liom ar scoil, 'a Chóilín,' ar seisean, 'tá gnaithe agam díot inniu. Inseoidh Seán don mháistir gur mise a choinnigh sa mbaile thú, nó 'sé an chaoi beidh sé ag ceapadh gurb i bhfolach atá tú, mar a bhís an tseachtain seo a ghabh tharainn. Ná déan dearmad anois air, a Sheáin.'

'Ní dhéanfad, a athair', arsa Seán agus pus air. Ní raibh sé róbhuíoch faoi rá is nach de féin a bhí gnó ag m'athair. Bhí an mac seo go ríshásta, mar ní raibh mo cheachtanna ach go dona agam agus gheall an máistir greasáil dom an lá roimhe sin mura mbeidís ar bharr mo ghoib agam an chéad lá eile.

"Séard a dhéanfas tú, a Chóilín,' arsa m'athair nuair a bhí Seán bailithe leis, 'an t-asal agus an cairrín a thabhairt leat go Scríb agus ualach cíbe a tharraingt abhaile. Tá sí á baint ag Micilín Mháire dhom. Beimid ag tosaí ar an gceann nua a chur ar an teach arú amárach le cúnamh Dé, má sheasann an aimsir.'

'Thug Micilín an t-asal agus an carr leis ar maidin,' arsa mise.

'Beidh ort é a thabhairt faoi na bonnacha, mar sin, a mhic ó,' arsa m'athair. 'Chomh luath is a bhéas ualach asail bainte ag Micilín, croch thusa abhaile leat ar an gcarr é agus réabadh Micilín leis go mbí sé dubh. Tarraingeoimid an chuid eile amárach.'

Níorbh fhada go rabhas ag baint coiscéime den bhóthar. Thugas mo chúl ar Chill Bhriocáin agus m'aghaidh ar an Turlach. D'fhágas an Turlach i mo dhiaidh agus rinneas ar an nGort Mór. Sheasas scaitheamh ag féachaint ar bhád rámha a bhí ar thonn Loch Eiliúrach, agus scaitheamh eile ag spallaíocht le cuid de bhuachaillí

an Inbhir a bhí mall ag triall ar scoil an Ghoirt Mhóir. D'fhágas mo
bheannacht acu sin ag geata na scoile, agus ráiníos Gleann Chatha.
Sheasas an tríú huair ag breathnú ar iolar mór a bhí á ghrianadh féin
ar Charraig an Chapaill. Soir liom ansin go rabhas i nDoire an
Bhainbh, agus ní raibh an uair go leith caite nuair a ghlanas
Droichead na Glaise Duibhe.

Bhí teach an t-am sin cúpla céad slat soir ó Dhroichead na
Glaise Duibhe, le hais an bhóthair ar thaobh do láimhe deise ag
tarraingt ar an Scríb duit. Ba mhinic roimhe sin a chonaiceas
seanbhean ina seasamh i ndoras an tí sin, ach ní raibh aon aithne
agam uirthi, ná níor chuir sí caint ná caidéis riamh orm. Bean ard
chaol a bhí inti, a cloigeann chomh geal leis an sneachta, agus dhá
shúil dubha, mar a bheadh dhá aibhleog, ar lasadh ina ceann. Ba
bhean í a chuirfeadh scanradh orm dá gcasfaí dom in áit uaigneach
de shiúl oíche í. Scaití bhíodh sí ag cniotáil nó ag cardáil agus í ag
crónán os íseal di féin; ach is é an rud is mó a bhíodh sí a dhéanamh
nuair a ghabhainnse an bealach, ina seasamh sa doras agus ag
breathnú uaithi soir is anoir an bóthar go díreach is dá mbeadh sí ag
fanacht le duine éigin a bheadh amuigh uaithi agus í ag súil leis
abhaile.

Bhí sí ina seasamh ann an mhaidin sin mar ba ghnách léi, a lámh
ar a súile aici, agus í ag breathnú uaithi soir an bóthar. Nuair a
chonaic sí mise ag dul thairsti, sméid sí a ceann orm. Chuas anonn
chuici.

'An bhfeiceann tú duine ar bith ag tíocht anoir an bóthar?' ar
sise.

'Ní fheicim,' arsa mise.

'Cheap mé go bhfaca mé duine eicínt. Ní féidir go bhfuil mé ag
dul amú. Féach, nach in fear óg ag déanamh orainn anoir?' ar sise.

'Dheamhan a bhfeicimse dhe,' arsa mise. 'Níl duine ar bith idir
an spota ina bhfuilimid agus casadh an bhóthair.'

'Bhí mé ag dul amú mar sin,' ar sise. 'Níl m'amharc chomh maith
agus a bhí lá. B'fhacthas dom go bhfaca mé ag tíocht é. Níl a fhios
agam céard atá á choinneáil.'

'Cé atá amuigh uait?' a deirim féin.

'Mo mhac atá amuigh uaim,' ar sise.

'An bhfuil sé i bhfad amuigh?'

'Ar maidin inniu a d'imigh sé go hUachtar Ard.'

'Ach, ar ndóigh, ní fhéadfadh sé a bheith anseo go fóill,' arsa mise. 'Shílfeá gurb ar éigean a bheadh sé in Uachtar Ard faoi seo, agus a dhícheall a dhéanamh, murab ar thraein na maidine a d'imigh sé ón Teach Dóite.'

'Céard seo atá mé a rá?' ar sise. 'Ní inniu a d'imigh sé ach inné – nó arú inné, b'fhéidir…Tá mé ag cailleadh mo mheabhrach.'

'Más ar an traein atá sé ag tíocht,' arsa mise, 'ní bheidh sé anseo go ceann cúpla uair fós.'

'Ar an traein?' ar sise. 'Cén traein?'

'An traein a bhíos ag an Teach Dóite ag a dó dhéag.'

'Níor dhúirt sé focal i ngeall ar traein,' ar sise. 'Ní raibh aon traein ag tíocht chomh fada leis an Teach Dóite inné.'

'Nach bhfuil traein ag tíocht go dtí an Teach Dóite le na blianta?' arsa mise, agus ionadh mór orm. Ní thug sí aon fhreagra orm, ámh. Bhí sí ag breathnú soir an bóthar arís. Tháinig sórt scanraithe orm roimpi agus bhíos ar tí bailithe liom.

'Má fheiceann tú ar an mbóthar é,' ar sise, 'abair leis deifir a dhéanamh.'

'Níl aon aithne agam air,' arsa mise.

'D'aithneofá go réidh é. 'Sé an buachaill is scafánta ar an bpobal é. Scorach óg lúfar, agus é ligthe déanta. Tá cloigeann bán air mar atá ortsa, agus súile glasa aige…mar a bhí ag a athair. Báiníní atá sé a chaitheamh.'

'Má fheicim é,' arsa mise, 'inseoidh mé dhó go bhfuil tú ag fanacht leis.'

'Déan, a mhaicín,' ar sise.

Leis sin bhogas liom soir agus d'fhágas ina seasamh sa doras í.

131

Bhí sí ann i gcónaí agus mé ag dul abhaile cúpla uair ina dhiaidh sin agus an t-ualach cíbe ar an gcarr agam.

'Níor tháinig sé fós?' arsa mise léi.

'Níor tháinig, a mhuirnín. Ní fhaca tusa é?'

'Ní fhacas.'

'Ceal nach bhfacais? Ní mé beo céard a d'éirigh dhó.'

Bhí gotha báistí ar an lá.

'Gabh isteach go mbí an múr thart,' ar sise. 'Is annamh a bhíos cuideachta agam.'

D'fhágas an t-asal agus an cairrín ar an mbóthar agus chuas isteach sa teach.

'Suigh agus ól cupán bainne,' ar sise.

Shuíos ar an mbinsín sa chlúid, agus thug sí deoch bhainne agus ruainne aráin dom. Bhíos ag breathnú thart timpeall an tí a fhad is a bhíos ag ithe agus ag ól. Bhí cathaoir in aice leis an tine agus léine gheal agus culaith éadaigh leagtha uirthi.

'Tá siad seo réidh agam lena aghaidh nuair a thiocfas sé,' ar sise. 'Nigh mé na báiníní inné thar éis imeachta dhó – ní hea, arú inné – níl a fhios agam i gceart cén lá ar nigh mé iad; ach ar chuma ar bith beidh siad glan tirim roimhe nuair a thiocfas sé… Cé hainm thú féin?' ar sise go tobann tar éis scaithimh di ina tost.

D'insíos di.

'Muise, mo ghrá thú!' ar sise. 'An t-ainm ceannann céanna is a bhí – a-a-a-atá – ar mo mhac féin. Cé leis thú?'

D'insíos di.

'Agus an ndeir tú liom gur mac le Seán Fhéichín thú?' ar sise. 'Bhí d'athair sa teach ósta in Uachtar Ard an oíche údan…' Stop sí go tobann leis sin, agus tháinig athrú éigin uirthi. Chuir sí a lámh ar a cloigeann. Cheapfá gur buille a buaileadh uirthi. Shuigh sí os comhair na tine ansin agus d'fhan sí ar feadh scaithimh ag féachaint roimpi isteach i gcroí na tine. Ba ghearr gur thosaigh sí á bogadh féin anonn is anall os cionn na tine agus ag crónán nó ag caoineadh os íseal. Níor thuigeas na focail i gceart, nó b'fhearr liom a rá nach ar na focail a bhíos ag cuimhniú ach ar an gceol. Chonacthas dom go raibh uaigneas na gcnoc in am marfa na hoíche, nó uaigneas na huaighe nuair nach gcorraíonn inti ach na cruimheanna, sa cheol sin. Seo iad na focail de réir mar a chualas ó m'athair ina dhiaidh sin iad:

Brón ar an mbás, 'sé dhubh mo chroíse,
d'fhuadaigh mo ghrá is d'fhág mé cloíte,
gan caraid gan compánach faoi dhíon mo thíse,
ach an léan seo im' lár, is mé ag caoineadh.

Ag gabháil an tsléibhe dhom tráthnóna
do labhair an éanlaith liom go brónach,
do labhair an naosc binn is an crotach glórach
ag faisnéis dom gur éag mo stórach.

Do ghlaoigh mé ort is do ghlór ní chualas,
do ghlaoigh mé arís is freagra ní bhfuaras,
do phóg mé do bhéal, is a Dhia, nárbh fhuar é! –
och is fuar í do leaba sa gcillín uaigneach.

'S a uaigh fhódghlas 'na bhfuil mo leanbh,
a uaigh chaol bheag, ós tú a leaba,
mo bheannacht ort, is na mílte beannacht
ar na fóda glasa atá os cionn mo pheata.

Brón ar an mbás, ní féidir a shéanadh,
leagann sé úr is críon le chéile –
's a mhaicín mhánla, is é mo chéasadh
do cholainn chaomh bheith ag déanamh créafóig'!

Nuair a bhí sé sin críochnaithe aici lean sí á bogadh féin anonn is anall agus ag caoineadh go híseal. B'uaigneach an áit é a bheith sa teach iargúlta úd agus gan de chomhluadar agat ach an tseanbhean aonraic úd ag caoineadh go cumhach di féin cois na tine. Tháinig faitíos agus uaigneas orm agus d'éiríos i mo sheasamh.

'Tá sé in am agam a bheith ag dul abhaile,' arsa mise. 'Tá an tráthnóna ag glanadh.'

'Gabh i leith,' ar sise liom.

Chuas anonn chuici. Leag sí a dhá láimh go mín ar mo chloigeann agus phóg sí clár m'éadain.

'Ar choimrí Dé dhuit, a mhaicín,' ar sise. 'Go lige sé anachain na bliana thart agus go méadaí sé só agus sonas na bliana agatsa agus ag do chomhluadar.'

Leis sin lig sí uaithi mé. D'fhágas an teach agus ghreadas liom abhaile.

'Cá raibh tú nuair a rug an múr báistí ort, a Chóilín?' arsa mo mháthair liom an oíche sin. 'Ní dhearna sé aon bhrí.'

'D'fhan mé tigh na seanmhná údan taobh thoir de Dhroichead na Glaise Duibhe,' arsa mise. 'Bhí sí ag caint liom i dtaobh a mic. Tá sé in Uachtar Ard le cúpla lá, agus níl a fhios aici tuige nár tháinig sé abhaile roimhe seo.'

D'fhéach m'athair anonn ar mo mháthair.

'An Bhean Chaointe,' ar seisean.

'Cé hí féin?' a deirimse.

'An Bhean Chaointe,' arsa m'athair. 'Muirne na gCaoineadh.'

'Tuige ar tugadh an t-ainm sin uirthi?' arsa mise.

'I ngeall ar na caointe a bhíos sí a dhéanamh,' d'fhreagair m'athair. "Sí an bhean chaointe is mó cáil i gConamara ná i nDúiche Sheoighe í. Cuirtear fios uirthi i gcónaí nuair a chailltear duine. 'Sí a chaoin m'athairse, agus tá seans gurb í a chaoinfeas mé féin. Ach, go bhfóire Dia uirthi, is iad a mairbh féin a bhíos sí a chaoineadh i gcónaí, is cuma cén corp a bhíos sa teach.'

'Agus céard atá a mac a dhéanamh in Uachtar Ard?' arsa mise.

'Cailleadh a mac fiche bliain ó shin, a Chóilín,' arsa mo mháthair.

'Níor cailleadh ar chor ar bith é,' arsa m'athair, agus aghaidh an-dubh air. **'Maraíodh é.'**

'Cé a mharaigh é?'

Is annamh a chonaiceas m'athair agus fearg air, ach b'uafásach í a chuid feirge nuair a d'éiríodh sí dó. Bhain sé geit asam nuair a labhair sé arís, bhí sé chomh borb sin.

'Cé a mharaigh do sheanathair féin? Cé a bhain an fhuil dearg as guaillí mo sheanmhátharsa le lasc? Cé a dhéanfadh é ach na Gaill? Mo mhallacht ar…'

D'éirigh mo mháthair agus chuir sí a lámh lena bhéal.

'Ná tabhair do mhallacht d'aon duine, a Sheáin,' ar sise. Bhí mo mháthair chomh carthanach sin nár mhaith léi an drochfhocal a chaitheamh leis an diabhal féin. Creidim go raibh trua aici ina croí do Cháin, agus do Iúdás, agus do Dhiarmaid na nGall. 'Tá sé in am againn an Paidrín a rá,' ar sise. 'Inseoidh d'athair dhuit i ngeall ar Chóilín Mhuirne oíche eicínt eile.'

'A athair,' arsa mise agus sinn ag dul ar ár nglúine, 'cuireadh muid paidir le anam Chóilín anocht.'

'Cuirfimid sin, a mhaicín,' arsa m'athair go mín.

II

Oíche airneáin sa gheimhreadh a bhí chugainn d'inis m'athair scéal Mhuirne dúinn ó thús deireadh. Is maith is cuimhin liom é ina shuí i lóchrann na tine, fear leathanghuailleach ach é beagán cromshlinneánach, a chuid gruaige ag liathachan, roic i gclár a éadain, féachaint bhrónach ina shúile. Bhí sé ag cur caoi ar sheanseol an oíche sin, agus bhíos-sa ar mo ghlúine lena ais in ainm is a bheith ag cuidiú leis. Bhí mo mháthair agus mo dheirfiúracha ag sníomh bréidín. Bhí Seáinín sínte ar a aghaidh ar an urlár agus é i ngreim i leabhar. Ach ba bheag í a aird ar an leabhar céanna, mar is é an caitheamh aimsire a bhí aige a bheith ag cur dinglise i mboinn mo chos-sa agus ag baint corrliomóige as mo cholpaí; ach de réir mar a bhog m'athair amach sa scéal chaith Seáinín uaidh a chuid leibideachta agus ba ghearr go raibh sé ag éisteacht le m'athair chomh haireach le duine. Ba dheacair gan éisteacht le m'athair nuair a d'insíodh sé scéal mar sin cois teallaigh. Ba bhinn an scéalaí é. Is minic a cheapainn go raibh ceol ina ghlór; ceol íseal uaigneach mar atá in andord an orgáin in ardteampall na Tuama.

'Tá sé fiche bliain caite, a Chóilín,' arsa m'athair, 'ón oíche a raibh mé féin agus Cóilín Mhuirne (go ndéana Dia grás dó) agus triúr nó ceathrar eile de na comharsana i dteach ósta an Neachtanaigh in Uachtar Ard. Bhí aonach ar an mbaile an lá céanna agus bhí muid ag ól gloine roimh an bóthar abhaile a thabhairt orainn féin. Bhí ceathrar nó cúigear ann ón gCeathrú Rua agus ó Dhúiche Sheoighe agus seisear nó mórsheisear de mhuintir an bhaile mhóir. Tháinig strainséara isteach, fear caol dubh nach raibh aithne ag aon duine air. Ghlaoigh sé ar ghloine.

'"Ar chuala sibh, a dhaoine," ar seisean linn agus é ag ól linn, "go bhfuil an tiarna le theacht abhaile anocht?"

'"Cén gnaithe atá ag an diabhal anseo?" arsa duine eicínt.

'"Drochobair atá faoi mar is gnách leis," arsa an fear dubh. "Tá seacht muirín le cur as a seilbh aige."

'"Cé atá le cur amach?" arsa duine againne.

'"Sean-Tomás Ó Draighneáin ón nGleann – deirtear liom go bhfuil an duine bocht ag fáil bháis, ach is ar thaobh an bhóthair a gheobhas sé bás, mura bhfuil ag Dia," ar seisean; "fear de mhuintir Chonaire a bhfuil bothán aige an taobh seo de Loch Simdile; Mainníneach ó Shnámh Bó; beirt in Eanach Mheáin; bean eicínt ar cheann de na hoileáin; agus Antaine Ó Griallais ó Chamas Íochtair."

'"Tá bean Antaine ag iompar clainne," a deir Cuimín Ó Nia.

'"Ní chosnóidh sé sin í, an créatúr," arsa an fear dubh. "Ní hí an chéad bhean as an dúiche seo a rug a naíonán cois claí an bhóthair."

'Ní raibh focal as duine ar bith againn.

'"Cén sórt fir atá ionaibh," arsa an fear dubh, "nó an fir atá ionaibh ar chor ar bith? Rugadh is tógadh mise i dtaobh tíre, agus m'fhocal daoibh nach ligfeadh fir na háite sin d'arm Shasana fré chéile seacht muirín a chaitheamh amach ar an mbóthar gan fios acu cén fáth. An bhfuil faitíos oraibh roimh an bhfear atá ag teacht anseo anocht?"

'"Is furasta caint a dhéanamh," a deir Cuimín, "ach cén chaoi is féidir linne stopadh a chur leis an mbodach?"

"'É a mharú anocht," arsa an guth taobh thiar dhíom. Baineadh geit as gach duine. Thiontaigh mé féin thart. Ba é Cóilín Mhuirne a labhair. Bhí a dhá shúil ag lonrú ina cheann, lasair ina leiceann, agus an cloigeann crochta go hard aige.

"'Fear a labhair ansin, cibé ainm is sloinne é," arsa an strainséara. Chuaigh sé anonn is rug sé greim láimhe ar Chóilín. "Ól gloine liom," ar seisean.

'D'ól Cóilín an gloine. Níor labhraíodh a thuilleadh.

"'Tá sé in am againn a bheith ag giorrú an bhóthair," arsa Cuimín tar éis scaithimh bhig.

'Bhogamar linn. Thugamar bóthar an bhaile orainn féin. Bhí an oíche dubh. Ní raibh fonn cainte ar dhuine ar bith againn. Nuair a tháinig muid go dtí ceann na sráide sheas Cuimín i lár an bhóthair.

"'Cá bhfuil Cóilín Mhuirne?" ar seisean.

'Níor airigh muid uainn é gur labhair Cuimín. Ní raibh sé sa gcomhluadar.

'Chuaigh mé féin ar ais go dtí an teach ósta. Ní raibh Cóilín ann. Cheisnigh mé fear an tsiopa. Dúirt sé gur fhág Cóilín agus an fear dubh an siopa le chéile cúig nóiméad tar éis imeacht dúinne. Chuardaigh mé an baile mór. Ní raibh scéal ná scuan faoi Chóilín in áit ar bith. D'fhág mé an baile mór agus lean mé na fir eile. Bhí súil agam go mb'fhéidir go mbeadh sé ar fáil romham. Ní raibh ná a thuairisc.

'Bhí sé an-fhada san oíche nuair a shroich muid Droichead na Glaise Duibhe. Bhí solas i dteach Mhuirne. Bhí Muirne féin ina seasamh sa doras.

"'Dia dhaoibh, a fheara," ar sise ag gabháil thairsti dhúinn. "An bhfuil Cóilín libh?"

"'Níl, muis," arsa mise. "D'fhan sé inár ndiaidh in Uachtar Ard."

"'Ar dhíol sé?" ar sise.

"'Dhíol, go maith," arsa mise. "Chuile sheans go bhfanfaidh sé ar an mbaile mór go maidin. Tá an oíche dubh agus fuar inti féin. Nach mbeadh sé chomh maith agat dul isteach agus luí síos?"

"'Ní fiú dhom," ar sise. "Fanfaidh mé i mo shuí go dtige sé. Go luatha Dia libh."

'D'imigh linn. Bhí mar a bheadh ualach ar mo chroí. Bhí faitíos orm go raibh rud eicínt tar éis baint de Chóilín. Bhí drochamhras agam as an bhfear dubh úd… Luigh mé ar mo leaba tar éis teacht abhaile dhom, ach níor chodail mé.

'Maidin lá arna mhárach bhí mé féin agus do mháthair ag ithe bricfeasta nuair a baineadh an laiste den doras, agus isteach le Cuimín Ó Nia. Ní raibh tarraingt na hanála ann.

'"Cén scéal atá leat, a dhuine?" arsa mise.

'"Drochscéal," ar seisean. "Maraíodh an tiarna aréir. Fríoth ar an mbóthar é míle taobh thoir d'Uachtar Ard agus piléar trína chroí. Bhí an t-arm i dteach Mhuirne ar maidin ag tóraíocht Chóilín, ach ní raibh sé ann. Níor tháinig sé abhaile fós. Deirtear gurb eisean a mharaigh an tiarna. Is cuimhneach leat na focla a dúirt sé aréir?"

'Léim mé i mo sheasamh agus amach an doras liom. Amach liom an bóthar agus soir go dtí teach Mhuirne. Ní raibh romham ach í féin. Bhí troscán an tí trína chéile san áit a raibh an t-arm ag cuartú. D'éirigh Muirne ina seasamh nuair a chonaic sí isteach an doras mé.

'"A Sheáin Uí Chonaire," ar sise, "ar son Dé na trócaire agus inis dom cá bhfuil mo mhac. Bhí tusa in éindí leis. Tuige nach bhfuil sé ag teacht abhaile chugam?"

'"Bíodh foighid agat, a Mhuirne," arsa mise. "Tá mé ag dul go hUachtar Ard ar a thóir.'

'Bhuail mé an bóthar. Ag dul isteach ar shráid Uachtair Aird dom, chonaic mé an slua mór daoine. Bhí an droichead, agus an tsráid os comhair theach an phobail, dubh le daoine. Bhí daoine ag déanamh ar an spota ó gach uile aird. Ach, rud a chuir uamhan ar mo chroí, ní raibh fuaim as an gcruinniú uafásach sin daoine, ach súile chuile dhuine acu greamaithe i scata beag a bhí i gceartlár an chruinnithe. Lucht airm a bhí sa scata beag sin, cótaí dubha agus cótaí dearga orthu, agus gunnaí agus claimhte ina lámha; agus i measc na gcótaí dubh agus na gcótaí dearg chonaic mé buachaill tuaithe agus báiníní air. Cóilín Mhuirne a bhí ann agus é gafa ag an arm. Bhí éadan an bhuachalla bhoicht chomh bán le mo léine, ach bhí an ceann álainn crochta go huaibhreach aige, agus níor cheann cladhaire an ceann sin.

'Tugadh go dtí an bheairic é agus an slua sin á thionlacan. Tugadh go Gaillimh an oíche sin é. Cuireadh faoi thriail é an mhí a bhí chugainn. Mionnaíodh go raibh sé sa teach ósta an oíche úd. Mionnaíodh go raibh fear dubh ag cur síos ar na tiarnaí talún. Mionnaíodh gur fhuagair sé go mbeadh an tiarna ag teacht an oíche sin le daoine a chaitheamh amach as a seilbh lá arna mhárach. Mionnaíodh go raibh Cóilín Mhuirne ag éisteacht go haireach leis. Mionnaíodh gur dhúirt Cóilín na focla úd, "é a mharú anocht," nuair a dúirt Cuimín Ó Nia, "cén chaoi is féidir cosc a chur leis an mbodach?" Mionnaíodh gur mhol an fear dubh é as ucht na focla sin a rá, gur chroith sé lámh leis, gur ól siad gloine le chéile. Mionnaíodh gur fhan Cóilín sa tsiopa tar éis imeacht do mhuintir Ros na gCaorach, agus gur fhág sé féin agus an fear dubh an siopa le chéile cúig nóiméad ina dhiaidh sin. Tháinig pílear ansin agus mhionnaigh sé go bhfaca sé Cóilín agus an fear dubh ag fágáil an bhaile mhóir agus nach é bóthar Ros na gCaorach a thugadar orthu féin ach bóthar na Gaillimhe. Ar a hocht a chlog d'fhágadar an baile mór. Ag leathuair tar éis a hocht caitheadh urchar leis an tiarna ar bhóthar na Gaillimhe. Mhionnaigh pílear eile gur chuala sé torann an urchair. Mhionnaigh sé gur rith sé go dtí an áit agus ag druidim leis an áit dó go bhfaca sé beirt fhear ag baint as sna fáscaí. Duine caol ab ea duine acu agus é gléasta mar a bheadh duine uasal. Buachaill tuaithe a bhí sa bhfear eile.

'"Cén sórt éadach a bhí an buachaill tuaithe a chaitheamh?" arsa an dlíodóir.

'"Culaith bháiníní," a deir an pílear.

'"Arb in é an fear a chonaic tú?" arsa an dlíodóir, ag síneadh a mhéir chuig Cóilín.

'"Déarfainn gurb é."

'"An mionnaíonn tú gurb é?"

'Níor labhair an pílear ar feadh scaithimh.

'"An mionnaíonn tú gurb é?" arsa an dlíodóir arís.

'"Mionnaím," arsa an pílear. Ba bháine éadan an phílir an nóiméad sin ná éadan Chóilín féin.

'Mhionnaigh cuid againne ansin nár chaith Cóilín urchar as gunna riamh; go mba bhuachaill macánta mánla é nach ngortódh cuileog dá mbeadh neart aige air. Mhionnaigh an sagart pobail go raibh aithne aige ar Chóilín ón lá ar bhaist sé é, gurbh é a bharúil nach ndearna sé peaca riamh, agus nach gcreidfeadh sé ó dhuine ar bith go maródh sé fear. Ní raibh maith dhúinn ann. Ní raibh aon bhrí inár bhfianaise in aghaidh fianaise na bpílear. Tugadh breith an bháis ar Chóilín.

'Bhí a mháthair sa láthair ar feadh na haimsire ar fad. Níor labhair sí focal ó thús deireadh, ach a dhá súil greamaithe i ndá shúil a mic agus a dhá láimh fáiscthe le chéile faoina seál.

'"Ní chrochfar é," arsa Muirne an oíche sin. "Gheall Mac Dé dhom nach gcrochfar é."

'Cúpla lá ina dhiaidh sin chualamar nach gcrochfaí Cóilín, gurb amhlaidh a maitheadh a anam dhó i ngeall ar a bheith chomh óg is a bhí, ach go gcoinneofaí sa bpríosún é ar feadh a shaoil.

'"Ní choinneofar," arsa Muirne. "A Íosa," a deireadh sí, "ná lig dóibh mo mhaicín a choinneáil uaim."

'Is míorúilteach an fhoighid a bhí ag an mbean sin agus an mhuinín a bhí aici as Mac Dé. Is míorúilteach an creideamh agus an dóchas agus an fhoighid a bhíos ag na mná.

'Chuaigh sí go dtí an sagart pobail. Dúirt sí leis, dá scríobhfadh sé go dtí muintir Bhaile Átha Cliath ag iarraidh orthu Cóilín a ligean amach chuici, gur cinnte go ligfí amach é.

'"Ní eiteoidh siad thusa, a Athair," ar sise.

'Dúirt an sagart nach mbeadh maitheas ar bith i scríobh, nach dtabharfaí aon aird ar a litir; ach go rachadh sé féin go Baile Átha Cliath agus go labhródh sé leis na daoine móra agus go mb'fhéidir go dtiocfadh maitheas eicínt as. Chuaigh. Bhí Muirne lánchinnte go mbeadh a mac abhaile chuici faoi cheann seachtaine nó dhó. Dheasaigh sí an teach roimhe. Chuir sí aol air í féin, istigh is amuigh. Chuir sí beirt chomharsan ag cur dín nua air. Shníomh sí ábhar culaith nua éadaigh dhó, dhathaigh sí an olann lena lámha féin, thug sí go dtí an fíodóir í, agus rinne sí an chulaith nuair a tháinig an bréidín abhaile.

'B'fhada linn gan an sagart ar fáil. Scríobh sé cúpla babhta chuig an máistir, ach ní raibh aon bharr nuaíochta sna litreacha. Bhí sé ag déanamh a dhíchill, dúirt sé, ach ní raibh ag éirí leis go maith. Bhí sé ag dul ó dhuine go duine ach ní mórán sásaimh a bhí aon duine a thabhairt dó. Ba léir as litreacha an tsagairt nach raibh aon dóchas aige go bhféadfadh sé aon cheo a dhéanamh. Níor fhan aon dóchas ionainne ach an oiread. Ach níor chaill Muirne an mhuinín iontach a bhí aici as Dia.

'"Tabharfaidh an sagart mo mhaicín abhaile leis," a deireadh sí.

'Ní raibh tada ag déanamh imní dhi ach faitíos nach mbeadh an chulaith nua réidh roimh theacht Chóilín. Ach bhí sí críochnaithe sa deireadh, gach ní réidh aici, caoi ar an teach agus an chulaith nua leagtha ar chathaoir os comhair na tine, agus gan an sagart ar fáil.

'"Nach ar Chóilín a bhéas an t-áthas nuair a fheiceas sé an slacht atá ar an teach agam," a deireadh sí. "Nach é a bhreathnós go galánta ag dul an bóthar chuig Aifreann Dé Domhnaigh agus an chulaith sin air!"

'Is cuimhneach liom go maith an tráthnóna ar tháinig an sagart. Bhí Muirne ag fanacht leis ó mhaidin, an teach glan aici, agus an bord leagtha.

'"'Sé do bheatha abhaile," a dúirt sí, ag teacht isteach don tsagart. Bhí sí ag faire ar an doras mar a bheadh sí ag brath ar dhuine eicínt eile a theacht isteach. Ach dhruid an sagart an doras ina dhiaidh.

'"Cheap mé gur leat féin a thiocfadh sé, a Athair," arsa Muirne. "Ach, 'sé an chaoi nár mhaith leis teacht ar charr an tsagairt, ar ndóigh. Bhí sé cúthail mar sin i gcónaí, an créatúr."

'"A Mhuirne bhocht," a deir an sagart, ag breith ar dhá láimh uirthi, "ní cabhair dhom an fhírinne a cheilt ort. Níl sé ag teacht ar chor ar bith. Níor éirigh liom tada a dhéanamh. Ní éistfeadh siad liom."

'Ní dúirt Muirne focal. Chuaigh sí anonn agus shuigh síos ar aghaidh na tine. Lean an sagart anonn í agus leag a lámh ar a gualainn.

'"A Mhuirne," a deir sé, mar sin.

'"Lig dom féin, a Athair, go fóillín," ar sise. "Go gcúití Dia agus a Mháthair leat a ndearna tú dhom. Ach lig dom féin go fóill.

Cheap mé go dtabharfá abhaile chugam é, agus is mór an buille orm gan a theacht."

'D'fhág an sagart léi féin í. Cheap sé nár chabhair a bheith léi go mbeadh pian an bhuille sin maolaithe.

'An lá arna mhárach bhí Muirne ar iarraidh. Tásc ná tuairisc ní raibh ag éinne uirthi. Focal ná fáirnéis níor chualamar fúithi go ceann ráithe. Cheap cuid againn go mb'fhéidir gurb as a céill a chuaigh an créatúr agus bás uaigneach a theacht uirthi i log sléibhe eicínt nó a bá i bpoll móna. Chuardaigh na comharsana na cnoic máguaird, ach ní raibh a rian le feiceáil.

'Tráthnóna áithrid bhí mé féin ag baint fhataí sa ngarraí nuair a chonaic mé an bhean aonraic ag déanamh orm isteach an bóthar. Bean ard chaol. An cloigeann crochta go maith aici. Siúl mór fúithi. "Má tá Muirne Ní Fhiannachta beo," a deirimse liom féin, "is í atá ann." Ba í, 'deile. Síos liom go bóthar.

'"'Sé do bheatha abhaile, a Mhuirne," a deirim léi. "An bhfuil aon scéal leat?"

'"Tá, a mhainín," ar sise, "scéal maith. Chuaigh mé go Gaillimh. Chonaic mé Gobharnóir an phríosúin. Dúirt sé liom nach bhféadfadh sé aon bhlas a dhéanamh, gurb iad muintir Bhaile Átha Cliath a d'fhéadfadh a ligean amach as an bpríosún má bhí a ligean amach le fáil. D'imigh mé orm go Baile Átha Cliath. A Thiarna, nach iomaí bóthar crua clochach a shiúil mé, is nach iomaí baile mór breá a chonaic mé sular tháinig mé go Baile Átha Cliath. 'Nach mór an tír í Éire,' a deirinn liom féin chuile thráthnóna nuair a hinsítí dhom go raibh an oiread seo de mhílte le siúl agam sula bhfeicfinn Baile Átha Cliath. Ach, buíochas mór le Dia agus leis an Maighdean Ghlórmhar, shiúil mé isteach ar shráid Bhaile Átha Cliath sa deireadh, tráthnóna fuar fliuch. Fuair mé lóistín. Maidin lá arna mhárach chuir mé tuairisc an Chaisleáin. Cuireadh ar an eolas mé. Chuaigh mé ann. Ní ligfí isteach mé i dtosach, ach bhí mé leo go bhfuair mé cead cainte le fear eicínt. Chuir seisean go fear eile mé, fear a bhí ní b'airde ná é féin. Chuir seisean go fear eile mé. Dúirt mé leo uilig gur theastaigh uaim Lord Leifteanant na Banríona a fheiceáil. Chonaic mé sa deireadh é. D'inis mé mo scéal dó. Dúirt sé liom nach bhféadfadh sé aon cheo a dhéanamh. Thug mé mo mhallacht do Chaisleán Bhaile Átha Cliath agus amach an doras liom. Bhí punta i mo phóca agam. Chuaigh mé ar bord loinge agus maidin lá arna mhárach bhí mé i Liverpool Shasana. Shiúil mé bóithre fada Shasana ó Liverpool go Londain. Nuair a tháinig mé go Londain d'iarr mé eolas Caisleáin na Banríona. Cuireadh ar an eolas mé. Chuaigh mé ann. Ní ligfí isteach mé. Chuaigh mé ann chuile lá ag súil go bhfeicfinn an Bhanríon ag teacht amach. Thar éis seachtaine chonaic mé ag teacht amach í. Bhí saighdiúirí agus daoine móra thart timpeall uirthi. Chuaigh mé anonn go dtí an Bhanríon roimh dhul isteach sa gcóiste dhi. Bhí páipéar a scríobh fear i mBaile Átha Cliath dhom i mo láimh. Rug oifigeach orm. Labhair an Bhanríon leis agus lig sé uaidh mé. Labhair mé leis an mBanríon. Níor thuig sí mé. Shín mé an páipéar chuici. Thug sí an páipéar don oifigeach agus léigh sé é. Scríobh sé focla eicínt ar an bpáipéar agus thug sé ar ais dom é. Labhair an Bhanríon le bean eile a bhí in éineacht léi. Tharraing an bhean píosa corónach amach agus thug dom é. Thug mé an píosa corónach ar ais di, agus dúirt mé nach airgead a bhí uaim ach mo mhac. Rinne siad gáire. 'Sé mo bharúil nár thuig siad mé. Thaispeáin mé an páipéar dóibh arís. Leag an t-oifigeach a mhéar ar na focla a bhí sé thar éis scríofa. D'umhlaigh mé don Bhanríon agus d'imigh liom. Léigh fear dom na focla a scríobh an t-oifigeach. 'Séard a bhí ann go scríobhfaí chugam i dtaobh Chóilín gan mhoill. Bhuail mé an bóthar abhaile ansin ag súil go mb'fhéidir go mbeadh litir romham. Meas tú, a Sheáin," arsa Muirne ag críochnú a scéil di, "an bhfuil aon litir ag an sagart? Ní raibh litir ar bith sa teach romham ag teacht amach an bóthar dhom ach tá mé ag ceapadh gur chuig an sagart a chuirfí an litir, mar tá seans go mbeadh a eolas ag na daoine móra."

"'Níl a fhios agam ar tháinig aon litir," arsa mise. "Déarfainn nár tháinig, mar dá dtiocfadh bheadh an sagart á inseacht dúinn."

"'Beidh sí anseo lá ar bith feasta," arsa Muirne. "Gabhfaidh mé isteach chuig an sagart ar chuma ar bith, agus inseoidh mé mo scéal dó."

'Isteach an bóthar léi agus suas an t-ard go dtí teach an tsagairt. Chonaic mé ag dul abhaile arís an oíche sin í agus an dorchadas ag titim. Is iontach mar a bhí sí á thabhairt do na bonnacha agus ar fhulaing sí d'anró is de chruatan le ráithe.

'D'imigh seachtain. Níor tháinig aon litir. D'imigh seachtain eile. Níor tháinig aon litir. D'imigh an tríú seachtain. Níor tháinig aon litir. Bhainfeadh sé deora as na clocha glasa a bheith ag féachaint ar Mhuirne agus an imní a bhí uirthi. Bhrisfeadh sé do chroí a feiceáil ag dul isteach an bóthar chuig an sagart gach uile mhaidin. Bhí faitíos orainn labhairt léi i dtaobh Chóilín. Bhí drochamhras orainn. Bhí drochamhras ar an sagart. Dúirt sé linn lá gur chuala sé ó shagart eile i nGaillimh nach mó ná go maith a bhí Cóilín, gur mór a bhí an príosún ag goilliúint ar a shláinte, go raibh sé ag imeacht as i ndiaidh a chéile. Níor insíodh an scéal sin do Mhuirne.

'Lá amháin bhí gnaithe agam féin den tsagart, agus chuaigh mé isteach chuige. Bhíomar ag comhrá sa bparlús nuair a chualamar coiscéim duine ar an tsráid taobh amuigh. Níor buaileadh ar dhoras an pharlúis, ach isteach sa tseomra le Muirne Ní Fhiannachta agus litir ina láimh aici. Is ar éigean a d'fhan caint aici.

'"Litir ón mBanríon, litir ón mBanríon!" ar sise.

'Rug an sagart ar an litir. D'oscail sé í. Thug mé faoi deara go raibh a lámh ar crith agus é á hoscailt. Tháinig dath an bháis ina éadan tar éis a léamh dhó. Bhí Muirne ina seasamh os a chomhair amach, a dhá shúil ar lasadh ina ceann, a béal leath ar oscailt.

'"Céard a deir sí, a Athair?" ar sise. "An bhfuil sí á chur abhaile chugam?"

'"Ní ón mBanríon a tháinig an litir seo, a Mhuirne," arsa an sagart, ag labhairt go mall, mar a bheadh tocht eicínt air, "ach ó Ghobharnóir an phríosúin i mBaile Átha Cliath."

'"Agus céard a deir sé? An bhfuil sé á chur abhaile chugam?"

'Níor labhair an sagart go ceann nóiméid. B'fhacthas dom go raibh sé ag iarraidh cuimhniú ar fhocla eicínt, agus na focla, mar a déarfá, ag dul uaidh.

'"A Mhuirne," ar seisean sa deireadh, "deir sé go bhfuair Cóilín bocht bás inné."

'Ar chloisteáil na bhfocal sin di, phléasc Muirne ag gáirí. A leithéid de gháirí ní chuala mé riamh. Bhí an gáirí sin ag seinm i mo chluasa go ceann míosa ina dhiaidh sin. Rinne sí cúpla scairt uafásach gáirí agus ansin thit sí i lagar ar an urlár.

'Tugadh abhaile í agus bhí sí ar a leaba go ceann leathbhliana. Bhí sí as a meabhair ar feadh na haimsire sin. Tháinig sí chuici féin i ndiaidh a chéile, agus ní cheapfadh duine ar bith go raibh aon cheo uirthi anois ach amháin go síleann sí go bhfuil a mac gan filleadh abhaile fós ó aonach Uachtair Aird. Bíonn sí ag fanacht leis i gcónaí, ina seasamh nó ina suí sa doras leath an lae, agus chuile ní réidh aici roimh a theacht abhaile. Ní thuigeann sí go bhfuil aon athrú ar an saol ón oíche sin. Sin é an fáth, a Chóilín,' arsa m'athair liom, 'nach raibh a fhios aici go raibh an bóthar iarainn ag teacht chomh fada leis an Teach Dóite. Amanta cuimhníonn sí uirthi féin agus tosaíonn uirthi ag caoineadh mar a chonaic tusa í. 'Sí féin a rinne an caoineadh údan a chuala tú uaithi. Go bhfóire Dia uirthi,' arsa m'athair, ag cur deiridh lena scéal.

'Agus, a Dheaide,' arsa mise, 'ar tháinig aon litir ón mBanríon ina dhiaidh sin?'

'Níor tháinig, ná a dath.'

'Meas tú, a Dheaide, an é Cóilín a mharaigh an tiarna?'

'Tá a fhios agam nach é,' a deir m'athair. 'Dá mba é, d'amhdódh sé é. Tá mé chomh cinnte is atá mé beo anocht gurb é an fear dubh a mharaigh an tiarna. Ní abraim nach raibh Cóilín bocht sa láthair.'

'Ar rugadh riamh ar an bhfear dubh?' arsa mo dheirfiúr.

'Ní rugadh, muis,' arsa m'athair. 'Is beag an baol a bhí air.

'Cérbh é an fear dubh, meas tú, a Dheaide?' arsa mise.

'Creidim i láthair Dé,' arsa m'athair, 'gur pílear ó Chaisleán Bhaile Átha Cliath a bhí ann. Chonaic Cuimín Ó Nia fear an-chosúil leis ag tabhairt fianaise in aghaidh buachalla eile i dTuaim bliain ina dhiaidh sin.'

'A Dheaide,' arsa Seáinín go tobann, 'nuair a bhéas mise i m'fhear, maróidh mé an fear dubh sin.'

'Go sábhála Dia sinn,' a deir mo mháthair.

Leag m'athair a lámh ar chloigeann Sheáinín.

'B'fhéidir, a mhaicín,' ar seisean, 'go mbeadh muid uilig ag baint teailí hó as an arm dubh sula rachas cré orainn.'

'Tá sé in am Paidrín,' a deir mo mháthair.

AGUISÍN I

NÓTAÍ TÉACSACHA

Agus mé i mbun na heagarthóireachta ar scéalta an Phiarsaigh níor fhéach mé le botúin i nGaeilge an Phiarsaigh a cheartú. Is é atá sna nótaí seo i mo dhiaidh míniú ar an gcinneadh a rinne mé i dtaobh nithe sa téacs a raibh éiginnteacht ag baint leo agus/nó ar theastaigh iad a dheasú. *Eag.*

lch. 56, líne 1:

'facthas': briathar saor, aimsir chaite, neamhspleách den bhriathar 'feic' atá anseo. D'úsáid an Piarsach an fhoirm seo agus an fhoirm *b'fhacthas* (m.sh. lch. 65, líne 16) coitianta mar fhoirmeacha neamhspleácha in áit *chonacthas* faoi mar a dhéantar i nGaeilge Chonnacht (féach Ruairí Ó hUiginn, 'Gaeilge Chonnacht' in Kim McCone *et. al.* (eag.), *Stair na Gaeilge*, Maigh Nuad, 1994, 5.17). D'úsáid sé *(do) connacthas* (m.sh. lch. 113, línte 19, 23, 29) agus *connacadh* (lch. 120, líne 7) mar fhoirmeacha neamhspleácha freisin. Mar go measaim gur d'aon oghaim a d'úsáid an Piarsach *facthas* agus *b'fhacthas* mar fhoirmeacha canúnacha go díreach in ÍSE agus sa chaint in MSÉ (m.sh. lch. 130, líne 33) agus a chuir sé an dá fhoirm eile chun fónaimh in MSÉ mar fhoirmeacha liteartha, d'fhág mé na foirmeacha éagsúla sin mar a fuair mé romham iad, seachas séimhiú a chur ar litir thosaigh na bhfoirmeacha 'liteartha' agus *-n-* singil a chur in áit *-nn-* iontu.

lch. 63, línte 1-2:

'arae ní raibh aon chaint ag Taimín go fóill': Tá smál ar an gcló anseo sa chéad eagrán de ÍSE (lch. 29), rud a fhágann nach féidir tús na habairte seo a léamh. 'Thárla ní raibh…' a cuireadh anseo in eagráin eile (nach féidir liom aon dáta cinnte a chur leo). Ach tá an abairt ar

146

fad tugtha síos faoin gceannfhocal *Thar é* san fhoclóir a chuir an Piarsach leis an gcéad eagrán (lch. 115): 'thar é ní raibh...', agus is é *arae* an leasú a dhéanaim ar *thar é* anseo agus tríd síos.

lch. 63, línte 8-9:
Tá smál ar an gcló anseo sa chéad eagrán de ÍSE (lch. 29) sa chaoi nach féidir ach an méid seo a léamh: 'A bheadh i n-a.../...[mai] din!' Is é atá in eagráin eile (nach féidir liom aon dáta cinnte a chur leo): 'A bheadh i n-ann / Eirghe ar maidin!' Ach 'A bheadh i n-am / Annso ar maidin!' atá anseo in *Scríbhinní Phádraig Mhic Phiarais* (lch. 152), agus glacaim leis sin mar go bhfeictear dom go bhfuil an t-eagrán sin iontaofa tríd is tríd.

lch. 68, líne 25:
'Dheaide': Nóta an Phiarsaigh faoin gceannfhocal *Deaide* san fhoclóir a chuir sé leis an gcéad eagrán de ÍSE (lch. 103): 'commonly "dheaide" amongst children, even in the absence of an aspirating particle.'

lch. 72, líne 9:
'Bábóigín': Baininscneach atá an focal sa chéad eagrán de ÍSE (lch. 49 srl.), agus tá an nóta seo faoin gceannfhocal *Bábóg* san fhoclóir a chuir an Piarsach leis an gcéad eagrán úd (lch. 96): 'dim. bábóigín... f. (*not* m.).' Ach sa chéad eagrán de MSE tá an focal seo firinscneach aige (lch. 55), agus ar an ábhar sin fágaim firinscneach anseo é freisin.

lch. 80, líne 19:
'céardós torann': 'céaróch torann' atá anseo sa chéad eagrán de ÍSE (lch. 68), agus tá an nóta seo faoin gceannfhocal *Céaróch* san fhoclóir a chuir an Piarsach leis an gcéad eagrán úd (lch. 99): 'interrog. pr., what sort? followed, like cia an sórt in Con. vernac., by nom. not gen.; the etymology is not obvious.' Tá leaganacha éagsúla sa chanúint – *céardós, ceardós, céadós, ceadós, céasós, ceasós* (Tomás de Bhaldraithe, *Gaeilge Chois Fhairrge,* Baile Átha Cliath,

1953, lch. 161; Tomás Ó Máille, *Liosta Focal as Ros Muc,* Baile Átha Cliath, 1973, lch. 38). Ó mheascán idir an dá fhocal *cén sórt* agus *cén nós* a tháinig na foirmeacha sin, is cosúil (de Bhaldraithe, *loc. cit.*). Ní heol dom go bhfuil an fhoirm sin *céaróch* ann, agus tá *céardós* curtha ina áit agam mar go bhfuil sé ar cheann den dá fhoirm is coitianta sa chanúint.

lch. 84, líne 3:

'an éanlaith': 'na héanlaith' atá anseo sa chéad eagrán de ÍSE (lch. 75), agus tá an nóta seo faoin gceannfhocal *Éanlaith* san fhoclóir a chuir an Piarsach leis an gcéad eagrán úd (lch. 104): 'f., birds (collectively); in s[poken] l[anguage] takes pl. art.: na héanlaith, the birds.' Ach sa chéad eagrán de MSE tá an t-alt san uimhir uatha aige: 'ag beathú na héanlaithe' (lch. 18); 'do labhair an éanlaith' (lch. 73), agus ar an ábhar sin fágaim san uimhir uatha anseo é.

lch. 86, línte 17:

'ce nach dtáinig sibh roimhe seo?': *ce (= ceadh, cé),* mír threise cheisteach a úsáidtear roimh *nach, nár. Te* atá anseo sa chéad eagrán de ÍSE (lch. 80), ach cuireadh *ce* ina áit sin in eagráin eile. Ba dhóigh leat, áfach, gur *tuige nach,* nó a leithéid, a theastódh anseo, agus nach bhfeileann *ce ('te', ceadh, cé) nach.*

lch. 95, líne 5:

Úsáideadh an dá fhocal *an t-amhrán* agus *an ceol* in áiteanna éagsúla tríd an scéal ag tagairt do 'Crónán na Banaltra' an chéad uair dár foilsíodh an scéal (CS, 20 Nollaig, 1913, Seanchaidhe na Nodlag) agus sin mar atá freisin sa dara heagrán de MSE (1916). Ach sa chéad eagrán de MSE (1916) is é an focal *an ceol* atá ann i ngach cás, agus d'fhág mé mar sin anseo é.

lch. 99, líne 11:

'torthach': 'torrthach' atá sa chéad eagrán de MSE (lch. 10) agus glacaim leis gur *torthach* (= *torthúil*) atá i gceist leis sin, ní *torrach* (*pregnant*). Féach foclóir Pheadair Uí Dhubhda leis an dara heagrán de MSE (lch. 70): 'Torrthach, fruitful'.

lch. 121, líne 14:
'focal an fhaire': firinscneach atá *faire* sa chanúint.

lch. 124, líne 33:
'ar a chromada': 'ar n-a chromadh' atá sa chéad eagrán de MSE (lch. 58), ach feictear dom nach bhfuil an leagan sin feiliúnach i gceart. Tá 'ar a chromadh' ann, ach 'ar a chromadh rúta' an leagan de sin atá i gcanúint Iar-Chonnacht. Tá 'ar a chromada' sa chanúint sin freisin agus mheas mé gurb é ab fheiliúnaí anseo.

AGUISÍN II

RÉAMHRÁ LE
ÍOSAGÁN AGUS SGÉALTA EILE

[Chuir an Piarsach an réamhrá seo i mo dhiaidh le *Íosagán agus Sgéalta Eile* (1907), agus, ón uair go ndearna mé féin cúpla tagairt dó sa réamhrá atá leis an leabhar seo, shíl mé nár mhiste é a bhreacadh ina iomláine anseo. *Eag.*]

Ag cur na scéalta seo in eagar dom, ní hionadh go bhfuil mo smaointe ar na cairde a d'inis dom iad agus ar an áit uaigneach ar chiumhais na hÉireann ina bhfuil a gcomhnaí. Feicim os comhair mo shúl taobh tíre cnocach gleanntach aibhneach lochach; beanna móra ag bagairt a mullach ar imeall na spéire sa chearn thiar thuaidh; cuan caol caointeach ag síneadh isteach ón bhfarraige ar gach taobh de ros; an ros ag ardú aníos ó chrioslach an chuain, ach gan an iomarca airde ann i gcóimheas leis na cnoic máguaird nó leis na beanna i gcéin; cnuasach beag tithe i ngach gleanntán is mám sléibhe, agus bothán fánach anseo is ansiúd ar ghualainn na gcnoc. Feictear dom go gcluinim glao binn na feadóige is an chrotaigh, agus glór íseal na ndaoine ag comhrá cois tine... Mo bheannacht leat, a leabhráin, go Ros na gCaorach is chuig a bhfuil ann de mo chairde!

Is ó na 'patairí beaga' a d'fheiceadh seanMhaitias ag déanamh grinn dóibh féin ar an bhfaiche a chuala mé bunáite an chéad scéil. Bíonn siad ann i gcónaí, gach tráthnóna gréine is gach maidin bhreá Domhnaigh, ag rith is ag caitheamh léim go díreach mar a bhídís nuair a shuíodh Sean-Mhaitias ag breathnú orthu. Ní fhaca mise Íosagán ina measc riamh, ach ní móide nach mbíonn sé ann ina dhiaidh sin. Nach bhfuil a dhúil i bheith ag gairdiú ar an talamh agus nach é a aoibhneas a bheith i bhfochair chlann a Athar?... Tá inste agam sa scéal féin cén áit agus cén tráth a gcuala mé 'An Sagart'. Is maith is cuimhneach liom teach beag Nóra, agus an bheainín lách í féin, agus an triúr páiste. Tá Pádraig ag friotháil an Aifrinn anois, agus is clos dom go bhfuil 'Fromsó Framsó' de ghlanmheabhair ag Taimín... Is ó Bhrídín féin a chuala mé eachtra Bhairbre. Tráthnóna dá ndeachamar isteach ar Oileán na Raithní, mise agus ise, is ea a d'inis sí dom é, agus sinn inár suí ar bhruach an locha ag breathnú anonn ar an Aill Mhór. Thaispeáin sí uaigh Bhairbre dom an tráthnóna céanna tar éis teacht abhaile dúinn, agus bhain sí gealladh díom go gcuirfinn paidir le hanam a carad gach oíche le mo bheo. Beidh Brídín ag dul ar scoil an bhliain seo chugainn, agus is dóigh go mbeidh sí in ann scéal Bhairbre a léamh amach anseo. Tá súil agam go dtaitneoidh sé léi... Maidir le 'Eoghainín na nÉan', níl a fhios agam cé uaidh a gcuala mé é murarbh ó na fáinleoga féin é. Is ea, feictear dom gurb iad a d'inis dom é tráthnóna áirithe dá raibh mé sínte ar an bhfraoch ag féachaint orthu ag eitilt anonn is anall os cionn Loch Eiliúrach. Cé uaidh a gcuala na fáinleoga tús an scéil, ní mé? Ón gcéirseach agus ón ngealbhan buí úd a raibh a neadacha i gclaí an gharraí, b'fhéidir.

Daoibhse, a chairde dílse, a lucht inste mo scéalta, idir bheag agus mhór, toirbhrím agus tíolacaim an leabhrán seo.

PÁDRAIG MAC PIARAIS.